JN114959

「トミーの夕陽」がまた昇る

鶴島緋沙子

柘植書房新社

「トミーの夕陽」がまた昇る◆目次

I　もぐらの目　7

II

掌編小説 175

I　もぐらの目

法円坂

お尻の始末まで電気に頼る私としたことが言えた義理ではないかも知れないが……

法円坂

今、二〇一一年七月。この時、ペンを持つ誰しもが、四ヶ月前に東北地方を襲った「東日本大震災」を素通りしてものを書くわけにはいかないだろう。私とて例外ではない。

これは、日本の、世界の、いや宇宙に生きる生物のすべてに警告を発するための地球の地殻変動に相違ないと思えるからだ。人間ばかりではない。普段は、地中で密かに暮らしている我がもぐら一族も根こそぎ押し流されてしまったに違いない。

かなり永く人間を標榜して、この世に、そして日本という国に生きてきた私は今までに三度の天変地異を経験している。その中で完全に天変地異と言えるものは、一九九五年の阪神大震災だけだろう。しかしその時とて、高層ビルやマンション、高速道路など、人間がより便利にと思って作ってきたものが、すべて良しではなかった教訓を私たちは、体験したはずだ。

当時、隣接した大阪府に住みながら、幸い被害を受けなかった私は、育ち親しんだ兵庫県西宮市在住の知人や友人たちの消息も分からないまま、取りあえず、ペットボトルの水を入るだけリュックに詰め、ＪＲ、阪急、阪神と、いくつもの電車が行きかい高速道路にも車が溢れていた一週間前の都会の風景から一変、西に向かうほど周りの状況が無残になる旧阪神国道を人々の行列に従ってひたすら神戸に向かって歩いた。東京にいる友人の妹が住んでいる神戸の高層マンションのエレベーターが動かず、八階の住まいまで毎日水を運ぶために、階段を上がり降りするという、想像するのも辛い話を聞いたからだ。その時、本人には会えなくて水だけを託して帰ったが、震災から一年ほど経って彼女が亡くなったと友人から聞いた。震災そのものだけではない、そのあとの言い尽くせぬ疲労が多くの人の命を奪ったに違いない。朗らかで華やかだった彼女の笑顔は今も忘れがたい。

それよりずっと遡る一九四五年七月、六ヵ月近くにわたる岡山県の山村の学童集団疎開から西宮市に帰ったのは、日本の敗戦で第二次大戦が終結する一ヶ月ほど前、待ちかねて迎えに来てくれた両親に連れられてだった。私が国民学校（小学校）五年生の時である。道中、両親から空襲で家が焼けてしまって父の知人の家の二階で仮住まいしていること。姉は女学校の学徒動員でたまたま難を逃れたが、父母は、雨のように降る焼夷弾の中を必死で逃げたなどの話を聞きながら廃墟になった住宅街を歩いた時のことは、いまだにまぶたに生々しい。これこそは、まったくの人災だった。どんな大義名分や理屈をこねたとしても、双方に大勢の犠牲者が出る戦争ほど無意味な悪はない。

今回の東北の惨状は、私たち人間に対する積もり積もった自然界の怒りの爆発であろうか。土、水、光、生物が生きていくのに必要なものすべてを太古の昔から充分に供給しているにもかかわらず、まだその上に原発だと！　喝！　そんな自然界からの大音声が聞こえてくる。人間の欲望にはきりがない。もっともっとと思って足るを知らない欲張り爺さんや婆さんが最後にすべてを失う寓話は、洋の東西を問わずたくさんある。

少なくとも、私の経験した三大災害の大半は、私たち人間に叡知というものがあるとするならば、未然に防げるものではないだろうか。願わくは、板きれに乗ってどこかに流されたり、土中深くもぐって危うく生き延びた東北のもぐらがいるならば、この際、是非会って、今こそ、その目を借りたいものである。

ＬＩＰ　２０１１／０７

法円坂

柚子マーマレード

大阪は吹田市に住まいする西原さんという女性がいる。

歳はかれこれ七十過ぎでもあろうか。二年程前、脳卒中で倒れ、運良く居合わせた家族のお陰で一命をとりとめ、その後リハビリの成果著しく、今では殆ど杖も不要なくらいの元気印が復活。おしゃべりの能力は以前より快調。四十五歳になる「自閉症」の息子さんは、夫の職場で共に働き、自身は、地域の幼稚園や校区の学校に通う「障害児」のクラスで先生の補助的な役割を務めているおばさんである。

彼女は、阿波の国徳島の出身で、今でも甥御さんが故郷の柚子の木山を保持、管理されているとのこと。お陰さまで季節になれば、瑞々しい柚子やジュースを彼女から頂戴するという、友人の私まで、毎年、何物にも代えがたい嬉しい恩恵に浴している。

さてさて去年は、一段と柚子の成りが良かったとのことで、沢山の柚子グッズを戴いた。絞ると、あの月面のようなでこぼこの黄色い物体から大きさの割りには少量の汁が、何とも言えない香りとともに滴り落ちる。少ないだけに貴重で、どこかに柚子の気配を感じると幸せを実感する日本人の習性を、目一杯味あわせてくれる。

そのグッズの中に柚子皮があった。細かく刻んだ柚子の皮がぎっしりビニールの袋に詰められている。以前京都の三千院近くの店で小さな袋に入った干し柚子の皮に、千円の値札が付けられていたのを思い出した。

こんなに切るのは大変だったでしょうというと、リハビリにちょうどいいのよと事も無げに言う。成るほど一石二鳥なのね、と単細胞の私はすぐに納得して笑顔になる。

さてこの柚子皮を何にしようかと首をひねる間もなく、そうだ！　この手だと思い付いた。朝はパン食の我が家の食卓に手製のマーマレードを常備することである。苦味がちょっぴり利いた大人の味。と思いついたのはいいけれど、煮ればいい、だけではあのきれいな半透明の黄金色は出まい。単細胞の頭をめぐらし、ポンと手を打った。一番身近に加工業者がいることに気が付いたのである。

サラリーマン卒業のあと、昔書いた小説をまとめたり、得意な時代物漫画を描いたり、畑をしたり、奈良漬けや糠漬けをしたり、何をしても小器用にこなしてしまう夫のことである。近頃は、料理にも並々ならぬ関心を示し、外出の多い私の主婦としての最後の砦までも狙っている様子である。

いいよ、いいよ、と、この話を聞いた時の夫の嬉しそうな顔。ちょっと意地悪を言いたくなって、ありきたりの市販の味じゃ駄目よ。柚子マーマレードここにありと言うどこにもない味を出してちょうだいと。

それから一週間、パソコンを開いて首をひねったり、明治屋を覗いたり、蜂蜜で名を売っている隣の交野市に出かけたり、そんな夫の姿を見かけていたある日、家中に甘酸っぱい匂いが満ち満ちたと思うと手作り柚子マーマレードの出来上がりであった。

食べること、批評すること、すべて口だけで勝負という気楽な私の審査も大まけして合格。百均ショップで小さなガラス瓶を仕入れ、小分けして先ずは原料提供者の西原おばさんへ。何かラベルを付けたら楽しいかと、西原の西と鶴島の鶴を取って「西鶴」（さいかく）と銘打った。親しい友人には献上しているが、双方ともに、大々的に売り出す才覚（さいかく）のないのが残念至極である。

ＬＩＰ　２０１１／０９

法円坂

六十歳になったばかりの女性から、長い手紙を頂いた。

四十年もの間、小学校の教師をされていた彼女は、その間に夫とは離婚し、昨年末には、中学教師になって三年目の次男が自死されたということが、主文の、手紙だった。

離婚は、よくあること。したくても出来なくて、ただあるのは忍耐のみ、という余生を送っている人はゴマンといる。事情はさておき、離婚はむしろ喝采ものである。

辛いのは、息子さんの自死であろう。そのくだりを読んだ時、言葉もなく息をのみ、胸が詰まってしばらく先へすすめなかった。

「私の定年が年度末という時でした。彼に引き継げるものと思っていた教育のバトンは、空しく地に転がり落ちることとなりました。ひたすらに無念でございました」

この二行が優等生教師としての彼女の言葉とするなら

「今、私は息子の追悼文集を準備中です。短かった彼の三十年の人生は、死によって消え去る訳ではなく確かに生きた三十年の歴史として残してやりたいのです。何人かの方から寄せて頂いた文を読ませて頂いては涙、涙、……。訪れて下さる方からエピソードをお聞きしているときは楽しく、まるでまだ彼が生きているかのように錯覚していますが、帰られて思い返せば、また涙……そして今、この手紙を涙、涙で書いております」

という文面は、今になってはどうすることも出来ない母親の痛恨の叫びであろう。と結んでしまうのは簡単だが、わが身に置き換えて考えると、溢れてくるものは、あとには戻れない時間への悔しさと涙でしかない。彼女が、時の流れの力を借りて、素晴らしい追悼文集を出される日を心待ちにしている。

今夏、和歌山大学客員教授で一人語りの名手であり、上方文化や芸能については生き字引のような木津川計先生とのご縁で、私は、おこがましくも「大阪府高齢者大学校」の特別公開「やさしいエッセー入門講座」の講師を連続五日間させて戴いた。

受講生二十八人のうち男性が十人。大半が六十歳七十歳代の人たちで、最高齢者が八十二歳。先の手紙はその一人からだった。

自分史を書きたい人、これから何かを書いていきたい人。思っていることを文章にしてみたい。など、様々な心を抱えて集まってきた人たち。ちなみに大学側が講座のテーマに掲げていたのは、「心」だった。そのテーマと二十八人の日常と人生。人に教えた経験のない私が、その前で何を話せばいいのか。と考えても、所詮、私は私。そうだ、私も共に自分のことを語ればいい。作文のノウハウはその過程で。と腹をくくり、「話すことと書く（描く）ことの違い」「気がかりなこと、心配なことを持っているほうが書きやすい」「犬型よりも猫型で心を自由に」「悲劇をユーモアで喜劇に変える方法」そして最後に「さあ、書いてみましょう。いつもと違う自分が発見出来るかも」をモットーのカリキュラムを作り、二十九人で苦しく楽しく語り合い、文字通り苦楽を共にした五日間だった。

　右に大阪城の深い森とひっきりなしに車が行き交う高速道路。左には、昔ながらの家並みが残る古い大阪。遠慮するようにゆるやかなカーブを描きながら続く法円坂。その途中に大阪市教育会館がある。教室はその中だ。ドアを開けると二十八の顔と「心」が私を待っている。熱い胸を抱いて私は、法円坂を登る。

　殊の外暑い、夏の終りの五日間だった。

ＬＩＰ　２０１１／１１

瀬戸内寂聴先生と『泉鏡花賞』そして金沢

「最近忙し過ぎてくたびれて、ちょっと勢いを付けようと京都のすっぽん屋で飲んでいたら、角川出版社から電話が入って、短編集「風景」が『第三十九回泉鏡花賞』に決まりましたけど受けられますかと言う。どんな賞でも必ず受けられますかと聞いてくるので、今度何かきた時には……と一応はかっこよくお断りの台詞をお風呂場で考えているのに、今までの時と同じで、今度も即座に電話口に向かって〝有難うございます。喜んで〟と答えていたのよ。もう毎日いつ死んでもいいいと思ってる〜」

こんな言葉で始まった『泉鏡花賞』受賞のご挨拶。オン歳、八十九歳。どんな時でも本音と思われる言葉で明快に話される寂聴先生。そんな寂聴先生が私は大好きだ。

いや、しかし……文化勲章を筆頭に、永年、男女の心の機微を描くことに挑戦して数々の受賞歴のある大作家。その上、紫の晴れ着に身を包んだ老尼僧。表に出す時には、先生独特のオープンマインドに装った兜の緒を締めなおしてからの言葉かもしれない。となると、始めのご挨拶は、世を欺く仮の姿ならぬ仮の言葉。本音と見せて、そのもう一つ奥にはもっともっと複雑な本音が隠されているのかも知れないぞ。油断大敵。なんて思いながらも心から「おめでとうございます」

『泉鏡花賞』は「瀧の白糸」「婦系図」「高野聖」などの作品で知られる泉鏡花を記念して一九七三年に設けられ、半村良の「産霊山秘録」が最初の受賞作だ。三十九回になる今回は、夢枕獏さんの「大江戸釣客伝」と寂聴先生の「風景」の二作品のダブル受賞である。ちなみに寂聴先生が出家されてから今年で丁度三十九年目ということだそうだ。授賞式の会場が金沢郊外の金沢芸術村というのもユニークである。

京都から特急サンダーバードで二時間ちょっと。朝早く家を出たので午後三時までの授賞式開幕までたっぷりの時間を紅葉も鮮やかな、どこか贅沢で雅な香りのする北陸の街、金沢市内を散策する。今日ばかりは、文学一筋と決めて《泉鏡花記念館》と《徳田秋声記念館》を訪れる。どちらも明治、大正、昭和の初期にかけて生きた金沢生まれの小説家である。昔、鏡花の「歌行燈」など読んだ記憶があるが、いまどきの若者たちの携帯片手の相手探しとはわけが違う。題名を見ただけで、妖しく隠微な匂い芬々の、着物姿の男女の絵図が目に浮かぶ。辛気臭くておどろおどろしいそんな小説をちょっと又読んでみようかなと思わないでもないのは、私が歳を取ったせいか。

村松友視、金井美恵子、嵐山光三郎、そして夢枕獏、瀬戸内寂聴が並ぶ中、審査委員長、五木寛之氏の味のあるお話。夢枕氏の、世の中、釣りがなくては人生真っ暗闇といった釣り馬鹿ぶりの愉快なお話。第一回から第十五回まで審査員として関わっていたという寂聴先生と五木氏との仲良しぶりのお話。

会場がひときわ盛り上がったところで聴衆に向かって「小説を書いたことのある人、手を挙げて」と寂聴先生が呼びかけられる。すかさず（?）おずおず（?）手を挙げた私。マイクを渡されて山田洋次監督の映画「学校Ⅲ」の原作になった「トミーの夕陽」のことをちょっぴり自慢。私が来ていると知って貴重な一分という時間を与えて下さった寂聴先生のお心づくしに大感謝。そして最後の先生の一言で会場大拍手。

「百歳まで書き続けて、ある朝ペンを片手に机につっぷして死んでいるのを誰かが見つけてくれる。それを願ってるの」これこそは作家瀬戸内寂聴の本音の本音だろうか。

LIP　2012／01

姉の死

玉水木の朱色が、冬枯れの中でとってもきれいよ。行くのだったら案内するよと、いつも私の山歩きの道案内を買って下さっている西野さんの言葉で、気温氷点下に近い一月末のある朝、二人で出かけた。

幸い私達の住む住宅地は、京都府と奈良県に接した、大阪府枚方市の郊外、全国里山百選にも選ばれている穂谷地区で、山歩きには持って来いの立地である。年の初めから曇天の多い日が続いていたので、雪などちらつくかと思っていたが、小さな峠を越した時、ほらあそこ！と指差された方を見ると、折から、うす水色が覗いた冬空をバックに、おびただしい赤い実をつけた三本の大きな玉水木が天を突いていた。枯れきった極寒の風景の中に、この実だけが命とでも言うように、鮮やかな存在感を示している。

あ！　私は思わず声を出した。折りから木の周りの空が、うっすらとピンク色に染まり、それをバックに、つい半月ほど前に亡くなった姉の、子供の頃からあった大きなえくぼをそのままに、微笑んでいる顔が浮かんだからだ。

訃報は、二日の早朝、姪からの電話で知らされた。

元旦の祝い膳も済み、長男一家共々近くの甘南備神社に初詣に出かけ、今年も家族が健康に過ごせるように、永年リュウマチに悩まされている姉の快復も併せて祈り、一泊した長男夫婦が帰宅するという矢先の電話だった。

それより前、十二月の末に脳梗塞で姉が倒れたという報せに駆けつけた時は、意識もあり、しばらくは大丈夫ということだったので、突然の電話に、まさかの思いで、帰り支度をしていた長男の車で病院にとんだ。しかし、すでに臨終の時を終えたあとだった。

大晦日から来ていた姪の家族、東京から帰っていた甥一家と、付きっ切りで姉の看病にあたっていた義兄に囲まれた死だったのがせめてものことと言えようか。

戦時中に、女学校時代を過ごし、学徒動員で満足な勉強が出来なかった分を取り戻そうとするかのように、戦後は銀行に勤めながら、英語教室や文学センターに通っていた姉の姿が目に浮かぶ。六つ違いの二人しかいない姉妹なので、私にとっては、祖母、両親と共に、私を甘えさせてくれる身近な存在だった。

甥である私の「自閉症」の次男へのさりげない優しさが、毎月一度、おばちゃん宅へ彼の足を運ばせ、お昼を共にし、挙句にお小遣いも貰って帰ってくるという彼の、楽しみに結びついていた。

義兄が、亭主関白だったので、もう少し自己主張をすればいいのにと何度思ったことか。私の我侭勝手な性格といつも比較され、賢兄愚弟の図、そのままだった。その姉が永年短歌の会に入り、歌を詠んでいることは聞いていた。半年ほど前に姪夫婦がその中から五百首を選び、手作りの冊子にして配ってくれて、それも手元にあった。

生前は本棚の隅に置きっ放しにしていたその歌集を、私は、初めて手にとった。

そこには、日頃、穏やかで、おとなしい人で通っていた姉の、どこに潜んでいたかと思える感情の迸りや、主張があった。妹の偏見と独断選で次の三首のご笑読を。

賑やかを　好める人はしらざらむ
　　　　一人本読む　この楽しさを

子育ての　華の時代を生きている
　　　　子等に乾杯　わたしはわたし

殺さるも　殺すも人の子　夏の夜の
　　　　夢にはあらず　親は哀しも

ＬＩＰ　２０１２／０３

何て事もない風景と山田洋次監督の舞台「東京物語」

賑やかに何だかだと甘えている子供の声がする。

パソコンの画面から目を上げると、二階の窓から道路を挟んだ向こうの家が目に入る。折からお出かけの様子だ。大きく建て直された家には、六十歳代のご夫婦と娘夫婦、小さな孫娘の三世代家族が住んでいる。若い三人が車に乗ると老人夫婦が手を振ってしばらく車の行方を見送っていたが、やがて妻は家に入り、夫は、庭を眺めている。何て事も無い風景。西の窓に目を転じると、京都に近い里山の一画を占める竹林。その前の広い駐車場には、人の姿がある。今日は水曜日。毎週そこで開かれる野菜や果物、植木や切り花のささやかな市。近くの農家から寄せられた品々は、スーパーよりは新鮮だろうと、三々五々、人が集まって来る。何て事もない風景。

近くにある老人ホームからは、散歩の時間になったのか、いつものおばあさんが、真剣な顔付きで、手押し車に身を任せながらやって来る。その横をスピードを緩めながら遠慮がちに通る車。かと思うと、「ご不要になった電器製品を買い上げます。いつでも、お声をかけてください」と、妙に明るく丁寧なおじさんの声が、荷台の付いた軽自動車からマイクを通して聞こえて来る。そのあとから赤いボックスを後ろに積んだ郵便配達のバイクが横切る。これもまた、何て事もない風景。

東日本大震災から一年が経つ。テレビは連日のように、ただただ瓦礫だけが積み上げられた福島の海岸べりの風景を写し出している。それを見る度に、何て事もない風景の大切さが身に沁みる。被害地の人々に何て事もない日常の風景が戻るのは、いつの日のことか。

東京日本橋にある三越劇場で山田洋次演出の新派劇団による「東京物語」が上演されると聞き、是非とも観たいと上京した。一昨年、私の住む大阪府枚方市の人権週間の催しに山田監督に来て頂き、映画「学校Ⅲ」上映のあと、「自分とは・生きがいとは」をテーマに、おこがましくも私と対談して戴いているし、昨年は、東京世田谷区民会館で世田谷区発達障害相談・療育センター主催の「自閉症と家族を語る～学校Ⅲ～をめぐって」と題して、ここでも又、私と対談して下さっている。そんなご縁を大切に感謝している私。その上、若い時から映画好きの私としては、山田監督が敬愛されていた、故小津安二郎監督の映画「東京物語」が舞台化される機会を見逃すわけにはいかない。

物語は、久しぶりに広島の尾道から上京した老夫婦が、子どもたちの家を訪ねるが、それぞれの生活で精一杯のため歓迎されない。そんな中、戦死した息子の嫁だけが親身になってくれるという人間関係が、何て事もない風景の中で展開される。

朝、目覚めれば、いつでもその足元から始まる私たちの日常生活の営みが、平凡だからこそ幸せなのだという当たり前の事を、パンフレットに書かれた「『山田洋次脚本・演出・東京物語』～何気ない喜び、何気ない幸せ～」の言葉が教えてくれる。

ふと気が付くと、通路を隔てた横の席で、ご自分の舞台を熱心に見つめられる監督の姿があった。終演後、何人かの出演者と監督が、舞台上で話し合われるというプレゼントもあって、楽しい公演だった。

尋ねた楽屋の入り口からひょいと顔を出された女優の波乃久里子さんが、弟にあたる歌舞伎役者勘三郎に似た素顔をほころばせていた。

平和な、何て事もない風景だった。

その後来宅された山田監督と、同行されていた大竹しのぶさんに、私のウォーキング仲間たちが、大喜びで花束を差し上げたことも嬉しいことだった。

ＬＩＰ　２０１２／０５

わたなべポン菓子屋さん

「…五、四、三、二、一！」ポ〜〜ン。わたなべさんの秒読みの声は、そんなに威勢はよくない。あとに続くポ〜〜ンの音も、シャイで控えめなあるじの声色と相まって遠慮勝ちだ。ポ〜〜ン。聞いたような音、ああ あれか、子供の頃聞いた、と、ちょっと振り返る人はあっても、賑々しく通る人々を立ち止ませるほどのインパクトはない。それが又、わたなべさんのポン菓子屋さんたる所以なのだ。

所は、江戸時代から「京街道」と名付けられた大阪府枚方市の淀川沿いの細い道である。秀吉によって造られ、徳川幕府の大名の参勤交代の通路として名を馳せたもの。先ごろNHK、BS放送の「長宗我部元親」で、馬で通る将軍の首を狙った武士が、密かに小さな覗き窓のある街道の町屋に身をひそめて待ち伏せしたという、その古い屋敷もそのまま現存する八幡街道にもつながる、ここ京街道の枚方宿。徳川御三家の紀州候の行列のための陣屋もあるという歴史豊かな道である。今はきれいに整備されているが、両側に散在する意賀美神社や、いくつかの寺や本陣あと。現在は、資料館になっている「鍵屋」を始めとする宿などにも昔を偲ぶよすがが残っている。

その「鍵屋」の近くにある「ルポ・デ・ミディ」。一体何かと思えばこれが又、古い民家を改造したカフェ。フランス語で「昼休み」という意だそうだ。古い雑貨や民芸品の販売もあるとなれば、入り口から漂う香りと相まってコーヒー通ならたまらない。自然に足が止まる。そのちょうど道を隔てた前の家の庭先で、我がわたなべポン菓子屋さんが、店を出す。この街道で毎月一度開かれる「五六市」と称する楽しい市。古いものから、手作りのもの、街道筋に並ぶ品々は、どれを取り上げても、面白いと年々評判を呼び、最近では、京都はもちろん、神戸などからも珍品を携えてやってくる。その通りを暑さ寒さも何のその、手をつないで両側の店などには目もくれず、お互いの顔を見詰め合う若者のカップル。私にも遠い昔があったっけ。いやいや、今からだってと妙に対抗意識を燃やしてもせん無いこと。ふと前を見るとばあさんに無理やり連れて来られたか、左右に別れてお互い関係なく店を覗いている老夫婦。やれやれ、これぞ我が姿。なんて思いたくもない！　と思いながらぶらりぶらり。

ポ〜〜ン、目の前で音がする。「あら、こんにちは」。『もぐらの目』を隔月ごとに連載させて頂いている「ＬＩＰ」の編集長、わたなべさんの露天ポン菓子屋さんの前である。素通りするわけにはいかない。何と「カミさんです。息子です。娘です」とわたなべさんが次々に紹介

30

してくれる。大きなバケツでポン菓子の味付けをしていた女性がすっと立たれて挨拶される。お！　知的な美人。「大学生です」。これが長身でイケメンのご長男。すでに社会人だという娘さんが愛らしい。何だか今まで意識していなかったわたなべさんが、俄かにハンサムに見えてくるから不思議だ。袋に入ったポン菓子五個を買った。息子さんが頬を染めながら「有難うございます」。口に入れるとほんのり甘い懐かしい味。

このわたなべさん、昼間は、自称「不良社員A」だとおっしゃる技術系サラリーマン。日没とともに、常に弱い立場の側に立つ視点を崩さず、毎回、ミス無しの機関紙「LIP」の名編集長に変身！　はた又、休日は、楽しいポン菓子屋さんになりきるのである。

こんな素敵な人材を輩出する彼の母校、京都大学も、満更捨てたものではない。

LIP　2012／07

法円坂

原発反対と密かな楽しみ

大阪府高齢者大学校の「エッセー実作教室」の講師を引き受けている関係で、朝、九時頃の電車に乗ることが多い。会社族の出勤は、一足先のラッシュアワーで大方捌けていて、この時間の車内は学生が主役である。殆どの若者が、男女を問わず、両耳にヘッドホーンの紐をぶらさげ、手には携帯である。少々の揺れや人との接触をものともせず、専ら我が世界に浸っている。けっこうな太平の世の中である。そこにちょっぴりお邪魔虫と洒落込むのが、困ったことに我が趣味なのだ。「ごめんなさい、次の駅は、京橋だったかしら」と笑顔を向ける。相手は、慌てて両耳からホーンを引きずり出し、「は?」と言って聞きなおし、たちまち笑顔を向け、答えてくれる。もちろん、京橋駅が次の次なのは、先刻承知である。この瞬間が、当方にとっては近頃、中々手に入らない醍醐味を戴く瞬間なのだ。こちらも笑顔で「有難う」。急を要しない質問だから、同じ聞くならと、なるべくイケメンを探すのは、自然の条理だろう。さて、爽やかな笑顔を向けてくれるこの若者たちの未来が、その又子供たちの生きる世界が、せめて人為的な災いのない世界に、そして日本にと願うのは、私ばかりではないだろう。だが、しかし、老年の人たちは、口を揃えて言う。「私たちはいいよ。せいぜいあとどんなに永くても十年で終わる人生だから」と。これからの若者のためにだけなんて、きれいごとは、私は嫌だ。この世からおさらばする時の最後の晩餐には、ピッカピカの日本近海取れ取れの魚の握りを所望したい。ましてや、死に水が放射能汚染の水だなんて真っ平ごめん。成仏出来るわけがない。

原発再稼動大反対！　を掲げて五月二日、東京の経済産業省前での座り込み抗議に参加した。文学の師瀬戸内寂聴師の呼びかけに応じたのである。鎌田慧、澤地久枝、椎名千恵子（原発いらない福島の女たち）氏たちの後ろに座った。警官がうろうろしたり、右翼っぽい宣伝カーの声が流れたりした。これが、原発反対運動のきっかけにもなったのだろうか。その後、全国で同じ声が増え始め、七月二十日には大阪の関西電力本社前、七月二十九日には国会議事堂包囲の二十万人の「人間の鎖」。そのほか、広島や各地での反対運動。それも、今回のデモ参加者は、限られたイデオロギーや組織された団体ではない。普通のサラリーマンや子供を抱いた主婦たち、それに、電力会社で働く人たちもいると聞く。政府は、いったい何を考えているのか。節電に協力して、この夏を乗り切り、あとは、再稼動に要する費用を他のものに切り替えることぐらい今の日本人の知識と良識で出来ないことはない。これこそが民意なのだ。それなのに、ああ、それなのに、それには蓋をして大飯原発再稼動にゴーを出してしまった政府。何をかいわんやである。今、この時、正面を向いて「脱原発！」と断言出来る政治家はいないものか。

次の文は、一九八八年、今から二十二年前、寂聴師が敦賀短期大学の学長に就任された直後、敦賀原子力発電所を見学された時の文章である。

『広島や長崎の惨事の何千倍何万倍の惨事を覚悟しなければならない。いつか、原発反対の主婦の質問に対する電力会社の答弁が新聞に載っていた。それは今、原子力発電を止めると、水洗トイレが止まり、クーラーは止まり、家の中は糞尿にまみれ、それが暑熱でどういう匂いを発するかと言うようなことが連想させられるように書いてあった。それは一種の脅迫というものである。人は臭気や汚物のためにはめったに死にはしない。』

最初は少数でも、先見の明は、いつの時代でも国の、人々の行く末を示唆している。

LIP　2012／09

カビに取り憑かれた鼻

おしゃべりの私が、話の途中で、喉に痰がひっかかって、えへん、えへんと、柄にもない咳払いが出るのを意識しだしたのは、およそ一年位前だったろうか。気になりながら、他人から指摘されることもなく、取り立てて不自由がないため放置していた。その一方で、主治医が撮ってくれるレントゲンに右鼻から下がった鼻水が、喉にからまっている様子の写るのがやはり気にかかる。

「耳鼻科を紹介しますから行ってみますか」

主治医の言葉に私も、この際、検査してみてもいいかと近くのモダンなビルの中に新しく出来た耳鼻咽喉科を訪ねた。

「ああ、これは鼻の中にカビが生えているんですね」

レントゲン写真を示しながら、四十歳位だろうか、たった今、テレビドラマの画面から抜け出てきたような美人先生が、おっしゃる。

「え！　カビ？　ですか」

「もちろん組織検査もしますが、悪いものだったら、ほら、この骨も汚く写りますが、骨はきれいでしょう」とのこと。

適度な温度と湿気があれば、体中どこにでもカビは生えるそうだ。

「掻き出しましょう、すっきりしますよ。ついでに組織も採って検査します。全身麻酔で、いわばロボット代わりの小さなカメラが、ナビの誘導でやってくれますから。私を入れて三人のスタッフが画面を見ながら操作します。額にはカーナビと同じものを幾つか付けてもらってそれが、視神経、脳神経を避けるよう誘導してくれます。全身麻酔ですから、知らない間に終わります」

な、何！　ロボット、カメラ、カーナビ、全身麻酔。ひとの大事な鼻を何と心得る！

一瞬硬直しそうな顔を崩して私は、無理やり微笑む。

「大丈夫でしょうか」。体は元気なのだから、一人でいいよという私の言葉を聞かずに、何回かの検査にも毎回付いて来る夫が横から聞く。主治医が美人先生と知ってから、妙に世話好き夫に変身しているのだ。

手術は、美人先生の拠点、K大学病院で受けることになる。まずは、麻酔科へ。大柄の髭もじゃもじゃの先生が、何とアロハ姿で応対してくれる。傍で立ち働いている看護婦や、助手たちも色とりどりのアロハを着ている。髭先生の薫陶よろしくという感じでこちらの気分もリラックス。私の不安顔を察してか、大きな手を肩に置いて、

「大丈夫ですよ。気持ちよく眠っているうちに済みますから」と、言ってくれる。

何とも言えないぬくもりが肩から伝わってきて、この、人間臭いバンカラ先生なら私のすべてを捧げても悔いなし。心を決めた私に深い深い眠りが訪れた。

「やっぱりカビだけでした」「有難うございました」

聴覚と視覚が戻りつつある私の耳と目が、美人先生の言葉と、丁寧に頭を下げる夫の姿を捉えた。万一の時のために、しかるべき連絡先の電話番号を書いて夫に渡していたが、細かい金銭の在りかなどを、迷った末、これだけは教えなかった。よかった。正解だった。

ラッキーなことに、夏の京都の祭典、大文字焼きのパノラマの全景が病室から一望できたのは、怪我の功名、いやいやカビ様の功名か。

近来にないスリリングな三日間の避暑生活ではあった。

ＬＩＰ　２０１２／１１

法円坂

お屠蘇のあとは一人でお茶を

近くの甘南備神社に家族打ち揃って初詣に出かけて行った。ひとり抜っけた！　と、足腰が少々痛いのを理由に留守番を引き受け、食卓の前に座る。

相も変らぬバラエティ番組が、どこへチャンネルを回してもわいわいがやがや。見飽きたお笑いタレント洪水のテレビにはご退場願って、極上の紅茶と、ビスケットを持って居間の椅子に座り直す。やれやれ。暮れからの喧騒から解き放たれて、私は、クッションに背中を埋めレモンの酸味とビスケットのほのかな甘みに身を任せる。

思えば遠く来たものだ。五十年前、「自閉症」と診断された次男。今頃は、甘南備神社への山道を先頭に立って、歩いているだろう。白髪混じりの頭と、目じりの皺が、確実に生きてきた彼の半世紀の人生を物語っている。

なかなか会話にならない単語の頻発と、思いついたまま勝手に走り出す彼の行動に、右往左往しながら、何とか彼を受け入れてくれる保育園や幼稚園はないものかと奔走していたあの頃の私。夏休みまで親子共々通った近くの保育園からは、受け持ってくれた保母さんが辞めることを理由に体よく断られてしまった。

「少しでも早く普通の子供たちの中へ入れること。どんな子もその中で言葉やいろんなこと、自然に学んでいくのだから」当時阪大の児童精神科の医師だった石神亙先生（現大阪府衛生会附属診療所所長）の、その言葉が、特殊教育と称し、如何にも何か特別な教育を施してあげようみたいな、その実、面倒な子はこちらへどうぞのそんな養護学校を、何故か本能的に拒否していた私の胸に素直に落ち、電車を何度か乗り換えていく他市のマンモス幼稚園に三年間、親子で通ったのが次男の社会的人生の始まりだろうか。そこでの先生や子供たちとの出会いや別れ。通学途上での貴重な出来事の思い出。「普通」と言われる子供だけの母親だったら気づかなかったかもしれない「普通」の集団の中で、私と次男は、様々な経験が出来たと、今、改めて思っている。義務教育で当然行くものと思っていた校区の小学校、中学校も、市の教育委員会に親子で特別面談をしなければならなかったり、職員会議に私が出向いて話をするというようなことだった。

小学校へ入学した当時、私が声をかけて出来た大阪府枚方市のささやかな「自閉症児親の会」の集まりは、校区の学校へ通うことを旗印にした少人数の親たちの力で、今に続いている。校区の小学校、中学校に通い、そのあとの進路は、当然、近くの公立高校だろうと考え『公立高校に『「障害児」も』の主旨で署名を集め、枚方市長も同道して府知事に請願し府教委の中に『「障害児」の後期中等教育を考える会」』が出来たのも「普通」の生活を当然として生きてきたからだ。そのあとの市への就労運動も、私と息子の生き方そのものとの闘いだった。その間、いくつかの大学に通い、ゼミに入れてもらったり、人間誰しもが経験する数え切れない人々との関わりを体一杯に吸収して、今、彼は生きている。

同じように人生の様々な場所で彼と接してくれた大勢の人々が、今、地球のどこかで生きていてくれると思うと何だか楽しく元気が出る。今、住んでいる日本国大阪府枚方市の氷室台コミユニティ五百何所帯の人々も、ちょっとハンサムで、かなり変わったおっさんとして、さりげなく、次男に付き合ってくれているのが何よりも嬉しい。

残った紅茶で一人乾杯！　思えば遠くきたものだ。

ＬＩＰ　２０１３／０１

身に染みた本物の思いやり

法円坂

北国辺りでは、初めての積雪が見られると、ニュースが報じていた昨年秋の終り頃、しとしとと、みぞれ混じりの細い雨が糸を引く、ことのほか寒い朝だった。

十時から大阪・梅田の書店「紀伊國屋」で、今年、九十歳になられた瀬戸内寂聴先生の新作書き下ろし小説『月の輪草子』の出版を記念して、著者ご自身が来られてのサイン会があるという。日頃、ご無沙汰にうちすぎている師の、相も変わらぬ精力的なお仕事の成果を一刻も早く見たいし、『源氏物語』を全訳されてから十数年経っており、紫式部と並び称される清少納言が九十歳まで生きたと仮定しての小説だということを漏れ聞いているだけに、古典に疎い私の様な者さえ、このイベントには、何が何でも行かずばなるまいと張り切っていたのだった。しかし、そのころ、私は少々体調を崩していて、全身、いたるところに痛みがあり、気分も優れなかった。そのことが、師匠の耳に入っていたらしいのだ。この日も足腰に痛みを感じてはいたが、久しぶりに、元気印満々の寂聴先生にお目にかかればそれもこれも一掃されるかもしれないと、むしろ気持ちは弾んでいた。午前八時過ぎ、さあ、出かけようと玄関で靴を履くためかがんだ時、ふと、そうだ、しばらく携帯電話をチェックしていないぞと思い付き、鞄に入れていた携帯電話を手にした。

何と、不在コールが三度も入ったサインが記録されているではないか。誰から？ 靴を履こうとした足を又、上がり口に戻して携帯を開く。

『瀬戸内寂聴』の字が三度。あらあら、靴を履く間もあらばこそ、身を翻し部屋にとって返すやいなや、折り返し電話する。

「え！ 今日、この寒いのに大阪まで来るって！ 止めなさい！ 足腰痛いんでしょ、そんなことがあろうかと思って何度も電話したのよ。駄目駄目駄目、あとあとひどくなるから。絶対駄目よ！」

聞きなれたいつもの、歳を感じさせない若い声が、一つトーンを上げて私の耳に迫る。そういえば、いつだったか、何が何でも今度のサイン会には伺いますからと、体調不良のことと共に電話で話したことがあったっけ。

「気をつけてね。体の痛みは寒さが一番こたえるのよ」と、その時も、前の年、転ばれての骨折や腰痛で、療養され、それを見事に克服されて、以前よりお元気になられたと聞く寂聴師の温かい、お気持ちのこもったいたわりの声だった。

42　法円坂

「駄目よ！　絶対駄目、駄目！」

又もや、小さな受話器から先生の大音声。聞きなれた声なのに、今日ばかりは全身に響く。それは、正に天からのものだった。

「は、はい、分かりました」

全身の力が抜け、私は、その場に座りこんだ。

ぼんやりと目をやる窓ガラスに、飛び散り張り付いた白いものが、見る見るうちに水滴に変わり、流れていく。

秋の朝だというのに果てしなくどす黒い空を見やりながら、暖房の利いた部屋のソファーに身を沈め、心身共にゆっくり癒されていくのを感じながら、私は目を閉じた。

ＬＩＰ　２０１３／０３

遅れてくるものにこそ輝きが

大阪府枚方市氷室台という所の、一番山手に近い奥まったところが私の住まいである。その名の通り、昔、殿様に、夏の献上物として、差し上げるべく冬の間に蓄えた氷を保存しておく室があったという場所である。一説には、大阪城の豊臣家にも運んだとある。

ということで、我が家の庭の木々や花々は、と書くと如何にも広々とした手入れのいき届いた庭を想像される向きがあるかもしれないが、ほんのささやかな空間である。そこで、家族と共存している侘びすけや紫陽花やつつじの花々の咲くのが、他所のそれよりも、ワンテンポ、ツウテンポ、はたまたスリーテンポも後れを取るのである。

そうそう、三年ほど前に、根が張りすぎるという理由で切ってしまった桜の花も、世間がお花見で浮かれているころ、私の出番はあるのかなという風情で、ちらっ、ちらっと様子を窺う態で、顔を覗かせていたのを思い出す。

昔、芥川、ノーベル賞作家大江健三郎氏の『遅れて来た青年』という本を手にしたことがある。敢て読んだと言えないのは、どこかにほっとする箇所のある小説でないと、肌に合わないという私の読書への偏見が、そのマジな深刻さに少々辟易して、途中でギブアップしたからだ。

戦後の世相の中で、戦争で死ななかった世代の焦りというか、取り残された者の虚無感みたいなものを、著者自身の不安に重ねて書かれた小説だったように思う。しかし、結局は、生き残って戦後に続く社会に参加してきた青年を「遅れて来た青年」としながら、肯定し、希望に繋げたのではないだろうか。

「遅れて来た青年」かっこいいタイトルだ。

「残りものには福がある」「兎よりも亀」。子供の頃から、伝え聞いてきた味のある言葉だ。勉強一番。スポーツ一番。金持ち一番。そんな陰には、そうなる為に失われてきたものが、一杯あるように思う。優しさ、思いやり、協力。そんな言葉が、ただただ、懐かしい。そのこぼれ落ちたものを拾い集めながら歩く「遅れて来た青年」、その中にこそ、キラキラ輝く本当の人生の生きがいが見つかるのかもしれない。

経済大国、オリンピック誘致、何が何でも金メダルでないと、などなど。競争一点張りの日本の社会に、早晩、疲れと影が見え始めるのも当然のこと。

そんな現代、貴重なのは、「遅れて来た青年」たちかもしれない。遅れてきたために分かる叡智で、先に走りたがる人間たちをコントロールする役を担い、途中で「老人」や「障害者」

を含めた最も「遅れて来る人たち」を擁しながら一緒に歩いて来るに違いない。

それが、点数では表せない本当の意味での勝ち組人間であり、将来の美しい国創りの基になる人間なのではなかろうか。

春爛漫の世間をよそに、我が家の梅の紅色が、遠慮がちに存在を主張し始める頃に、これもまた遅ればせにはせ参じる鶯が、最初は遠慮がちに、だんだんオペラのエピローグを飾るように、ここ一番の美声を聞かせてくれるのである。

今、心に迫る言葉、サン・テグジュベリの名作『星の王子様』の中から。

――かんじんなことは、目に見えない――。けだし至言である。

LIP　2013／05

ひまわりと子犬の7日間

法円坂

夫の動物好きは、自他共に認めていて私の生涯で他に類をみない。幼時から実父母と、養父母の間で、様々な経験をしてきた彼にとって、弱いものに対する気の入れようは、殊のほか強いと言えるのかもしれない。野良犬、野良猫をはじめ、雀でも蛙でも金魚でも、それらを見る時の夫の目は愛おしさに溢れている。

私たちの住んでいる住宅街に百匹は優にいるだろう、飼い犬の名前を全部覚えているだけでなくすべて手なずけている。

「どんな犬でも僕の顔を見ると尻尾を振って鎖を切らんばかりにして、そばへ寄ってくる」そして「顎の下を撫でてやると、至福の目をしてうっとり僕の目を見つめるのだ」と豪語する。私などは、鎖を持っている人間の顔を見て、初めて繋がっているわんちゃんを何の思い入れもなく一瞥し、

「あら可愛いわね。雄？　雌？　いくつ？」などと、おざなりのおべっかを言い、たまに、

気が向くと頭などチョイチョイと撫でて終りである。

ある日、夫の秘密を見てしまった。

散歩に出るときは、必ずポケットにおせんべいや、何がしかのお菓子を忍ばせているのである。それをお気に入りの犬たちに与え、ころりと彼らの心を奪ってしまうのである。二度目からは、犬たちもさるもの、道端のおやつ係に敬意を払い、夫を見るとお座りをしたり、甘えたり、彼らの方が一枚上手である。

人間社会の政界や組織にも水面下では、どんな取引があるのか。そんな人間たちのポケットには、お菓子ならぬ福沢諭吉の顔が何枚も潜んでいるのだろう。

とはいえ、他家の犬には、責任を負わなくていいし、こちらの都合のいい時に楽しませていただいて夫も満足しているらしく、飼い主とも親しくさせて頂き、漫画絵の得意な夫の筆が、いつか、百匹わんちゃんの顔を描くのではないかと、せめてご近所への罪滅ぼしを兼ねてと私は思っている。

さて、タイトルの『ひまわりと子犬の7日間』は、松竹で山田洋次監督の助手として永年一緒に仕事をしてきた女性、平松恵美子さんの初監督の作品である。過日、私の小説『トミーの夕陽』を映画『学校Ⅲ』の原作として取り上げてくださった際、監督や、大竹しのぶさんたちと共に我が家に来て下さったのである。岡山から上京されて念願の山田組に入られ、以来、山田監督の傍でずっと勉強されてきた素朴で瑞々しかった彼女が、あれから十数年経っての輝かしい監督デビューである。

心優しい老人に飼われていた柴犬が、やむ無く転宅する飼い主に置き去りにされ、野犬になった犬が、やがて三匹の子犬を産む。母子で放浪する先々で、人間に撃退され、人間不信になっていく。ことごとに反発する母犬と何とか意思の疎通をはかりたい動物保護管理所の職員との日々。その家族との葛藤も生き生きと描かれる。一週間のうちに引き取り手を見つけないと殺される母子犬。さて犬たちの運命や如何に。あとは、見てのお楽しみ。

さすが、山田監督の一番弟子。平松恵美子監督の今後を大いに期待したい。

ＬＩＰ　２０１３／０７

地震・雷・火事・親父

遠くで聞こえる鶏の声。思い切ってタオルケットを蹴り上げ、窓を開けると蝉しぐれの洪水だ。夜の街に開く女の唇のように蠱惑(こわく)的に咲き始めた鬼百合の朱色。その横で、むくげのはかないピンク色が、いつでも萎むわよと言いたげに薄い花びらを半分、折りたたんだまま、頭をもたげている。ある夏の朝。

テレビの画面は、見慣れた福島の災害のあとを今日も映し出している。直後の、地球最後の日のような荒れきった風景は、さすがに見られなくなったが、見渡す限りの雑草の中に、人影のない茶色の道路。二年半も過ぎた今も、多くの人々は、生活していた所には、戻れない。もしも生き残った我がもぐら族がいるならば、彼らも、きっと土中深く息を潜めているに違いない。

「地震・雷・火事・親父」何と、平和で懐かしい言葉だろう。

「地震、雷」に「津波」と付け加えることに、まったくやぶさかではない。古今東西この地球上に住む生き物にそれを拒否する何の権利もない。それにも勝る数々の恩恵を我々人間や動物や植物は、目一杯、享受しながら一生を生きていくのだから。火事は、人為的なものが、殆どだ。それに親父。これほど最近、地に堕ちた言葉はない。堕ちたといえば、男性に失礼か。母親より優秀な育メンがあちらこちらに出現しているのだから。

最近、世界では、ようやく一人、二人と国の最高指導者として、女性が、顔を出す。生命を生み育てる責任が、まだ何とか女性の意識の方が強いだろうと希望が持てる。

彼女たちが、原発についてどう発言するのか興味深いが、まずは、広島、長崎の経験、そして今回の福島の原発による長期の災害の経験を持つ日本から、原発反対ののろしを上げなくて何としょう。

小学校五年生で敗戦を経験し、昭和、平成を生きてきた私が、今、一番言いたい最も恐いもの。それは、「原発・戦争・火事・政府」である。全部人為的なものである。何とかならないものか。何よりも地球上のすべての生命を守るために。

先日も大阪市内の小学校の先生方の集まりへ、「自閉症」の息子のことを、話しに行った。そんな時、いつも言うのだが、どんなことでも、同じ人間同士、とことん向き合って話し合えば、絶対、最後は解って貰える。解り合えないのは、こちらが、つい、相手の価値観、例えば、職業、地位、金銭などの話にまきこまれてしまうからだ。ということを、私は、息子との長い付き合いの中で理解したような気がする。

誰と話す時も『人間として』という視点をはずさない限り時間をかければ､必ず解り合える。おこがましいようだが、それが、コミュニケーションの原点だと信じている。

それを元に話し合えば、相手から優しさや、思いやり、そして思ってもみなかった意見も出てくるのである。

私は、いつも人間の「性善説」を信じて、その側に立つ。

わからんちんの政治家たち、お金や地位に惑わされることなく、頑固なら頑固で、せめて「地震・雷・火事・親父」の親父くらいの見識は、持ちたまえ。

ＬＩＰ　２０１３／０９

秘密の扉

法円坂

市のほぼ中心に広がる緑多い空間は、全科の病棟を擁して、大勢の人々の苦楽を見詰めている。

まったく楽しい一ヶ月の入院生活だった。と言い切るには、やむなく病気で苦しみながら入院生活を送っている何万という人々に申し訳ない気がするが、少々の逆境には、へこたれない、いざという時には妙に居座る根性と、逆に末っ子で、甘やかされた、あかんたれ精神が、程よく同居し、時と場合によって無意識のうちに、うまく使い分けている私にとって、この厳暑の夏の終りの病院は、避暑も兼ねて、様々な人間観察のためのいい機会だった。

十年ほども前、空港行きのリムジンバス乗り場に、時間に遅れじと走った際、左半身を下に、思い切り転び、それ以来、左股関節が弱点となり、痛みの限界に達した末の股関節手術である。上半身と下半身の連結部の丸い骨を人口骨に入れ替えるという、今では、比較的ポピュラーな手術だそうだ。

四十歳前半だろうか、日に三件は同じ手術をすると聞くあぶらの乗り切ったベテランのN先生が執刀して下さる。いつかテレビで見た、築地の魚市場で大きなマグロを手さばきあざやかにまっすぐ切り裂く場面を我が左足に重ね、想像しながら深い眠りに付く。なんて、いつも気軽に笑顔で応対して下さった先生、ごめんなさい。マグロのさばきに例えるなんて。本当は、感謝で一杯なんですよ。

その翌日から、車椅子。自分で動かすこと一週間。あとは、その車椅子を押しながらの歩行訓練。やがて杖に。それと並行して始まった広い体育館でのリハビリ。孫と同じくらいの歳ごろのイケル男性理学療法士が、毎日約三十分間、私と対峙して、筋肉や体の仕組みを教えながら、足を動かしてくれる。その間の会話が楽しい。

その彼の「ぼくは、今、村上春樹にはまってるんです」のひとことで、私も乗り乗り。そこで、お待たせ。思わせぶりなタイトルの『秘密の扉』が出番である。

病室からリハビリ室へ移動する時、時間になると彼が、途中での転倒予防のため、迎えに来てくれる。その時「ここ、秘密の扉」と言って廊下の端にある目立たない扉を開けリハビリ室まで付き添ってくれる。「え！　秘密？」わくわくどきどきの私は、彼に付いて扉をくぐる。ちょっとした狭い空間を抜けると目の前に大きなエレベーターの扉。普通ならぐるりと廊下を廻ってから乗るエレベーターだ。「うふふふふ」。思わずしのび笑いが、顔を見合わせた二人の口から漏れる。それ以来三週間。エレベーターまでの二分ほどの時間が、私と彼だけの秘密の時間だった。「うふふふふ」。

と、思いきや、私より三日遅れで同じ手術を受け、同室に入ってきた同じくおばあ様、リハビリの担当も同じ療法士。

「うふふふふ」。初めての彼女のリハビリの日。帰室した時の何やら秘密めいた、それでいて隠しきれない嬉しそうな笑み。当然の事態をすべて悟った私は、儚い老いらくの夢を心の奥に封じ、『秘密の扉』は、開かずの扉になったのである。

小さい秋を感じた朝、私は、無事退院した。

法円坂

ＬＩＰ　２０１３／１１

能

五十年來の友人、アメリカはミネソタ州、ミネアポリスに住む、元ミネソタ大学医学部教授の外科医、グッデイル夫妻の紹介で、アビー・セバリという二十歳代のアメリカ美人が、大阪にやって来た。彼女は、ニューヨークなどの劇場で舞台衣装を考案するデザイナー。前々から、日本の、特に古典芸能の衣装に興味があり、昨年四月の来日時には、一緒に京都の都踊り見物をして、そのあと相国寺で開催されていた能衣装の展示会に案内したのがきっかけで、今回は、能舞台を是非観たいという強い希望だった。幸い、やはりグッデイルさんを通しての知人、大阪府茨木市に住む旧家の奥様で自身も能を習い、能のあれこれには精通しておられる、岡竹様のアレンジで大阪の古い『山本能舞台』でのプライベートで貴重な時間を創って頂いた。

大阪市中央区のオフイス街の中にひっそりと佇む能楽堂である。扉を開けると周りの喧騒からは想像出来ない異次元のような空間が広がる。この舞台は、信州山本城諏訪盛重に発した山本家が昭和二年に当地に設立し、戦災に遭い、戦後、再建築したという伝統のある格式高い舞台である。自ずと身が引き締まる。

その日は、アビーの日本での友人、八人ほどが集い、山本家当主、山本博通氏のご説明で、能面、衣装、扇、楽器など、いくつも手にとらせて戴き、着付けまでご披露戴いた。そのあと博通氏とお弟子さんが演じる『羽衣』を観賞させて戴いた上、『羽衣』の楽譜を手に皆で声を出す。最後のきわめつき、全員、これも用意されていた白足袋を付け舞台に上がって、博通氏から歩き方の指導を受けることになった。おっちょこちょいの私は、転ぶのを案じて見物に回った。

間近で観る博通氏の力強く優雅な足裁き。十分ほど、その指導を受けた面々も、それなりに形になっている。超ビッグサイズの白足袋を履いたアビーの見事なすり足と笑顔。

三間四方の舞台の前に小さなきざはしがある。それを渡ると、もはや幽玄の世界。能面を被ると足元が見えないので、舞台から落ちないように役者は、四本の柱を目当てに動くことや、音響効果を上げるため、昔通り、舞台の下に水を入れた大きな瓶が、十二個も並べられていることなどの知識も得る。

一人の若い外国からの研究者を、裏舞台の公開も含めて、とことんもてなす『山本能楽堂』の誠意に本当の意味での伝統を守る良き保守精神を見た気がした。

瀬戸内寂聴の長編小説「秘花」は、中世（一三八〇年代）に生きた『能』の始祖、世阿弥が主人公だ。後に権力者足利義満によって、男色まで強制されやがて佐渡へ流刑され、孤独な死を迎える。そんな世阿弥は、大和申楽観世座の創始者観阿弥清次の子で、父の並外れた上昇志向のお陰で武士世界に根を下ろし、その芸が、古典文化の代表「能」となる。

歌舞伎も遡ると、似たような経緯がある。どちらも始まりは庶民も庶民、社会の最下部層の、虐げられた民の思いを風刺や笑いに変え、芸に込めた、アンチ権力の思想であるはずである。それを取り上げた為政者。それが、およそ七〇〇年の時を経て、今や庶民の耳と口を封じる法律まで作ろうとしている。

能や歌舞伎のチケット料金をせめて映画なみにというような、権力者はいないものか。

ＬＩＰ　２０１４／０１

絶望と歓喜

法円坂

楽聖ベートーベンの曲に「歓喜」を主題にした曲がある。「歓喜」は年末がくると、街中に溢れる『第九』と言われる合唱曲である。

指揮棒が振り下ろされると同時に迸る大合唱が、ドームを越え、空を飛び、地球を覆う。それは、ベートーベンが、音楽家には死の宣言にも等しい聴覚の喪失という大事から奇跡的にも快復した時の喜びを曲に託したものであると聞く。どれほどの「歓喜」が、この天才音楽家の心を躍らせたか、想像にあまりある。その反面、自死も考えたという聴覚を失った時の「絶望」感。その時の気持ちは、如何ばかりだっただろうか。

と、こんな前置きをしたくなる程、私の悲喜劇「絶望と歓喜」交響楽の始まりは、ドラマチックなものだった。

そろそろ窓拭きもして、正月用品の買い物もしなくちゃなるまいと、気の焦りを感じ出した昨年（二〇一三年）の暮れの事だった。前日、手搗きの丸餅を手に入れ、そのいびつで、懐かしい形に我慢できず、まだ寝ている家族には内緒で、一つをこんがり焼き、砂糖醤油でからめて食べたのが、そのプロローグだった。さて、洗顔をと洗面所に立った。え！　何！　どうした！　口中一杯の甘辛さの名残を惜しみながら、歯ブラシを当てた私の手ごたえの頼りなさ。歯！　歯！　そうだ、入れ歯が……五つ程の人工歯をつなぎ、金具でがっちり固定してあるかなり大きなもので、取り外しが出来る。無い！　無い！　入れ歯が。

東日本大震災のあと、非常時の話題が多い。夜中の地震で家が崩壊し、慌てて逃げた共同避難所で、歯無しばあさんの顔を曝すのは私の美意識が許さない。そんなこんなを考えてそれまで睡眠中は、はずしていた入れ歯を最近は、装填したままだ。え！　それが無い！

落ち着け、落ち着け。思考はめぐる。そうだ！　眠っている間に呑み込んだのだ。金具がゆるんで舌でも動かせるぐらいだった。ああ！　絶望だ。待てよ、目が開いてすぐトイレに行った。めずらしく今朝は、小ばかりではなかった。それ！　トイレに走る。ドアが開く間ももどかしく覗き込むが、そこには爽やかな水があるばかり。一縷の望みは絶たれた。

私は、絶望感に打ちひしがれ、横になって喉から胸、胃、腸、お尻など押さえてみる。かなり大きな金具と人工歯が、体内の粘膜に引っ掛かったり張り付いている様が目に浮ぶ。

ああ！　私の体！　私の命！

かつてない暗雲が全身を覆う。いや、諦めてはいけない。そうだ！　歯医者さんだ。

「かなり大きなものですから、いくら睡眠中でも喉元で気が付きますよ……ご心配のようですから病院に電話して検査頼んでみます」五分ほどして電話のベル。鷲掴みした受話器から、「すぐ行って下さい。先方は、用意万端整えて待ってます」との先生の声。「あ、ありがとうご……」と言いかけた時、台所から夫の、天をも揺るがす大音声。

「あったよ、あった！」

左手には生ごみの袋、右手には、愛しい懐かしい私の入れ歯がからんだお餅の切れ端を持った夫が立っている。うっそ！　え！　わあ！　私の交響楽のエピローグは大声での「大歓喜」ソロ。拍手鳴り止まずと言ったところだが、アンコールだけはご免蒙って、極上のウイスキーを、歯医者先生に持参して悲喜劇「絶望と歓喜」の幕を降ろした。

ＬＩＰ　２０１４／０３

法円坂

人生万華鏡

『「あめあめ、ふれふれ、母さんが、蛇の目でお迎え嬉しいな、ピッチピッチチャップチャップランランラン」まるでぼくのことを言っているような歌だと思った。ぼくは、この歌が嫌いになった。詞をつくった北原白秋も好きになれなかった。それなのに、雨が降るとぼくは、この「あめふり」と言う歌を、つい口ずさんでしまう。』

私が、大阪府高齢者大学校の「エッセー文学科」の講師を務めて、三年になる。

実作教室ということなので、取りあえずは、クラスの生徒全員に文章を書いて貰うということを主眼に置いている。冒頭の文は、四百字と限定して私が出した題「雨」に応じた短文の最後の数行である。両親のいない「ぼく」は祖母に育てられ、ひらがな一つも読めないで入った幼稚園で靴箱の在りかもわからない。雨の日には、友達が、次々に迎えに来る母親と共に帰って行く中で、一日中働いていている祖母を思う。そんなこんなを小さな胸に抱え込んだ幼時体験を素直にまとめたこの短文を私は、目元を、少々うるうるさせながら、読ませて戴いた。

最後の『それなのに、雨が降るとぼくは、この「あめふり」と言う歌を、つい口ずさんでしまう。』というところに、辛かった当時の気持ちを年月と共に昇華して、祖母と自分の幼児期への手向けとしているように私には思えてならない。これこそは、一番言い難い経験や悩みや苦しみを、「書く」ことによって人生の滋養に転換する「書く」ということの第一義「自己救済」を見事に果たしているのではないか。作者の天根利徳さんは、七十二歳。天根夢草という川柳名で、「柳豪」と自他共に認められている有名な川柳作家で「川柳展望」の主宰だと私が知ったのは、この文章に接してからあとのことである。さもありなん、である。彼はいつも教室の一番前に座っていて、最初の自己紹介の時の勇猛果敢なお言葉が、「ぼくはこれから文章を勉強して『直木賞』を取ります」である。高齢者先生の私も大いに奮起せずばなるまい。

もう一人、最年長八十八歳の生徒、難波敏克さん。毎回、楽しい文章を書く人で大手新聞社の記者として半生を過ごしたとのことである。次の文を彼自身に朗読して貰った。

『「弱きを助け、強気を挫く」を信条にして、政治家、警察や暴力団の横暴とはずいぶん闘ってきた。命を狙われたり、裁判者に訴えられたり、かなり荒っぽい仕事ぶりだったが、社会的弱者のためには、少しは役立った人間だと自負している。だからといって身近な弱者、妻や子に与えた苦痛が帳消しにされるものではない。長男はこうも言った。「人間の評価は反省と謝罪で決まる」私はもう三途の川の渡し舟に乗っている。（中略）エンディングノートの「最後の一言」という欄に「人生不可解のまま終わるは痛恨の極み、残る分秒は謝罪に徹します」と詫び状を書いた。涙がとめどなく流れて字を滲ませた。どうせ落ち行く先は地獄だ。閻魔様に思い切りしごいてもらって償いをするより仕方あるまい。漫才のような夫婦生活を楽しんできた妻は、昨夏一人で旅立った。相方を亡くした日々は淋しい。船頭さんに船足を急いでもらおうか。』

読後、その相方のご臨終に「思い切り強いキスをしてやった」との彼の言葉に、しんみりしていたクラスが、大爆笑と大拍手で沸き立ったのは、言わずもがな。合掌。

LIP 2014／05

朝食はそれぞれに

日本人をやめたくなるとき

牛馬を運ぶ貨車に乗せられ、格子のはまった窓から僅かに見える外の景色が、見慣れた住宅街に近づいたのを知って、私は目を凝らした。

白いハンカチが、細い手の上で揺れている。

神経痛で寝ていた母が、線路沿いの土手まで私を見送るために足を引き摺って来てくれたのだ。父は、荷物を持って駅まで私と同行してくれたが、母は、到底無理だと思ったのか、玄関で頬ずりし、抱きしめてくれた。私は、遠足にでも行くように快活に玄関の戸を閉めたのだった。瞬く間に過ぎ去る家並を、迸る涙が追いかける。嗚咽しながら、私は、車中で、級友益子ちゃんと抱き合っていた。時は、第二次大戦末期の一九四五年三月。いよいよ戦いが泥沼化していった日本の敗戦五箇月前。

私は、十一歳。国民学校（小学校）五年生で、当時父が、兵庫県西宮市の旧制甲陽中学の数学の教師をしていて、十八歳になる教え子たちが、兵役に行かされるのかどうなのか、その動向を気にしていたこと。時々家に遊びに来たお兄さんたちの、賑やかな話し声や笑い声が、今でも、耳に懐かしく残っている。

いよいよ米軍による空襲が激しくなり、女も老人も防火訓練に駆り出され、学生だった姉は、毎日勤労奉仕と称し、女学校ならぬ軍需工場に通う毎日だった。

田舎に親戚や友人を持たない阪神間で育った私は、これといった疎開先がなく、集団疎開と言われた、都会育ちの子供たちを集めて適当な所へ避難させるという政府の方針で、岡山県の山中のお寺に、二十人程の女生徒と一人の若い女の先生共々、家族と別れて疎開したのだった。

勉強時間は、午前中の二時間ばかりで、あとは、野菜を、遠い農家まで取りに行ったり、掃除や、川での洗濯、食事作りで過ごし、遊び時間は、家族のことを想う毎日。一人が泣き出すと部屋中涙と声の洪水になる。

遠い夜空に、飛行機の編隊が東へ向かうのを見つけた一人が、

「大阪が空襲される！」と叫ぶとまたまた泣き声の大合唱。その中でも泣き虫一番だった私を心配した両親が、終戦一箇月前、皆より早く迎えに来てくれた。幸い、姉も祖母も無事だったが、一面焼け野原の西宮の市街地には、人間の暮らしらしい面影は何もなく、知り合いを頼っての同居生活だった。母方の叔父が戦死したり、友達の誰彼の家族が、亡くなったり、食糧もままならない悲劇が、あとあとまで、尾を引き、戦争によって私たち庶民にもたらされたもの

は、すべて犠牲という名のものだった。

あれから七十年。世界に冠たる平和憲法のもとで頑張ってきた日本人。それでも解決していない広島長崎の被爆者の人たちの思い。その上、今回の福島の事故。それなのに、ああ、それなのに、まだ原発再稼働にしがみつく日本人。

「日本人の命と財産を守るため」を頻発する日本の総理大臣。それと同時に、主張する「集団的自衛権」。この同じ口から出る真逆の矛盾に気がつかないとは！　恥ずかしい！

やっぱりこの際、私は日本人をやめて、いっそのこと、もぐらになりたいのだ。

それも、日本の土中に居を構えるのは御免こうむり、スイスか、ドイツか、脱原発を掲げる国の野原まで海底旅行。ああ！

ＬＩＰ　２０１４／０７

朝食はそれぞれに

「どうぞ、モーニングサービスでーす」

小さなお盆にトーストとコーヒーを載せ、果物を添えて息子の前に置く。

今日の我が家のモーニングコンサートは、『イル・デイーボ』。

国籍の違う四人の男性の心地良いハーモニーが、部屋一杯に響き渡り、差し込む朝日と共に今日の我が家の一日の始まりを告げる。

この時ばかりは、テレビを据えたリビングルームの中が、いつも幅を利かせている『鬼平犯科帳』や、『剣客商売』。『刑事コロンボ』や、昔懐かしいWOWOWシネマのあれこれに取って代わってオーケストラの雄大さや、弦楽器の微妙な音色を伝えて、プライベートなミニミニホールとなる。その真ん中の椅子に足を組み、満足気に珈琲の湯気と香りを楽しみながらにんまり微笑んで満足気に聴き入っているのが、今年五十三歳の「自閉症」の次男である。ちなみに、彼の十八番は、『イル・デイーボ』の他にシューベルトの『未完成』、ベートーベンの『運命』、チャイコフスキーの『バイオリン協奏曲ニ長調』、そしてビートルズである。これらが、毎朝、順番に繰り返される。

部屋を占領された私と夫は、キッチンに待避。隣室から聞こえる曲を伴奏に、古い小さなテレビで息を潜めて七時のニュースを観る羽目になる。たまには選曲でこちらも自己主張したくなると大変だ。三日前から、私は、彼との交渉の場を持たなければならない。

「たまには、他の曲にしようよ。明日は、ショパンか、それとも美空ひばり」

「嫌なの。そうしない、そうしない」彼の思考の中では、ここしばらくは先の六曲が居座っていて、ある時期が来ないと容易に変更出来ないのだ。こちらも大概は、このへんで諦めるが、そんなに気分の良い日ばかりではない。

「何でそんなにこだわるの。そこが、あんたのおかしいところよ。世界には、もっともっと一杯音楽が溢れているのに」

「そうしない、そうしない！」

「いい加減にしろ！」夫も参戦してきて、三つどもえの怒鳴り合いバトルがしばし続く。

明くる朝、やっぱり家中を席巻するのは、ジャジャジャジャーン『運命』である。

ま、いいか、週に三日働いて、その性、類をみないほどケチなので、好きな焼き物教室の授業料と、時々ぶらりと出かける交通費と、お昼をどこかで食べて来る位で、お酒を飲むわけじゃなし、お洒落に凝るわけでもなし、自室の引き出しバンクにたんまり札束を貯めこんでいて、もしかしたら私のお葬式代位は、用意しているかもしれないのだ。庭の草引きや、週三回のゴミ出し。それに、重い荷物を運んだり、棚の上の物をおろしたり。少々のバイト料と、その都度のネゴシエイションは覚悟するものの、体力の衰えを自覚する今日この頃の両親としては、彼に頼らざるを得ない日々なのだ。故に、モーニングコンサートの曲目位は、ついつい譲歩する仕儀に相成るのである。

今日も今日とて、ビートルズの『イマジン』が、家中を駆けめぐっている。

「天国はない、ただ空があるだけ。国境もない、ただ地球があるだけ。みんながそう思えば簡単なこと。さあ」暗殺されたジョンレノンの反戦の歌。そうなんだ。うん。

老いては子に従え。私は、小さなテレビの前で今朝も珈琲カップを傾ける。

LIP 2014／09

とんかつとモーツアルトに誘われて紀州路へ

例年にない秋の早い訪れは、涼風そよぐ心地よい九月を関西にも持ってきてくれた。

そんなある日、昔馴染みの、クラシック音楽愛好家でビオラ奏者の畑野竣さんから、和歌山県は、有田市の紀見ホールでの「ＡＢＯＢＡ」（あぼば）カルテット演奏会へのお誘いがあった。

昔馴染みと言ってもいろいろあろうが、彼と私との馴染みは、そんじょそこらのものではない。思い返せば一九九一年五月、有田市のフランス料理店「きっちん喜多亭」のお世話で開かれた箕島文化福祉センターでの、第一回「ＡＢＯＢＡ」演奏会からのお付き合いなのである。

お付き合いと言っても、これまたそんじょそこらのものではない。その演奏会の司会を私が仰せつかり、それ以来、二〇〇五年九月の第十四回演奏会まで、年に一度とはいえ、私の人生の盛りの時代に……と、ここまで書いてきて思い出した。その時、私の親しい友人三人と「ＡＢＯＢＡ」ファンクラブを結成。毎年、大阪から花束持参で駆け付けたものだった。

『やぶれかぶれの演奏会を行ってから半年が経った。やぶれかぶれと言っても演奏に臨む心境の話で演奏自体がやぶれかぶれになったわけではない。（中略）我々の曲のレパートリーを全部吐き出してもせいぜい六十分。あとの三十分はおしゃべりで持たせるしかないのである。その為の司会役を鶴島さんにお願いしてある。彼女は私の作る氷室そばのファンで友人三人と年に一度、そばを食べに来るのが恒例となっているのだが、昨年のそば会で「ＡＢＯＢＡ」の話になり彼女に司会を頼み、大筋の原稿だけは私が書いて、あとはすべて彼女のアドリブに任せることになったのである。今、鶴島さんは瀬戸内寂聴の塾で小説を勉強している作家の卵である。任せても安心なのである』とは今から二十三年前「ＡＢＯＢＡ」初演後に書かれた畑野さんの文章の抜粋である。

氷室そばの食べっぷりと、おしゃべりで持たせる才能を見込まれて司会役とは。

喜ぶべきか、はたまた……。いいえ、畑野さんの「作家の卵」なんていう予言があってこそ今の私があるのかも。喜ぶべきに違いない。ちなみに畑野さんもバイオリンやおそばに関するエッセーを書かれ、本も出版されている。その後、私も忙しくなり、司会は若手と交代したが、公演は、続いてきた。

さて、それからざっと四分の一世紀を経て二〇一四年の初秋。

主催は「ありだの里の文化を育む会」。初回からのメンバーは、畑野さんとチェロの京都交響楽団の重鎮、高瀬恵理也さんの二人。それに大阪交響楽団の美人バイオリニスト吉田紘子さんと、バイタリティー溢れたフルート奏者上松明代さんが加わった。会場は、森の中に立つ黒川紀章設計のきびドーム。その上、老人デイケヤー経営で芸術に造詣の深いご夫婦が、往復のバスや途中の昼食までお世話して下さるのである。

待ってました！　いよいよ出番。緑に囲まれた山小屋風のレストランで待っている、これまたそんじょそこらのものではない。知る人ぞ知る名店「達人」のとんかつなのである。

いざ行かん来年も。モーツアルトととんかつが待つ紀州路へ。

ＬＩＰ　２０１４／１１

朝食はそれぞれに

白熱教室「男と女」いや「女と男」

『大阪府高齢者大学校「エッセー文学科」』の講師を務めて三年になる。

この「科」は、私の孫娘のような奈良女子大の向村九音先生と二人で、一年間を受け持つことになっていて、アカデミックなレクチャーは彼女にお任せで、私は、専ら実作を担当し、受講生の皆さんの意見を聞きながら毎回テーマを決め、八百字から千字までの文章を書いてもらい、添削したり感想を書いたりするのである。その他に、いろいろなことをお世話してくださるクラスディレクターの谷内さんと、受講生から選ばれた野中委員長がいらっしゃる。

人生の三分の二以上を生きてきた人達の、様々な思想、情熱、希望、あるいは、苦悩、絶望、そして避けられなく近づく死への実感などを、言葉ではなく、文章にするのはしんどいことだろうが、それだけに、書かれた作品を読ませて頂くと、文章の巧拙はともかく、一人ひとりの人生の切片が短文の中から立ち上がってきて、私を涙や驚き、怒りや失望、悦び、時には笑いの世界に誘ってくれる。

四十人ばかりの、生まれも育ちも学歴も仕事も違う道をそれぞれ歩んできた六十、七十、八十、九十歳代の、ちょうど男女半々の人達の文章を読ませて頂けるのは、役得とは言え同時代を生きてきた私にとっても、とても楽しいものになっている。

さて、この学校には、「歴史」あり、「園芸」あり、「語学」ありと、あらゆる分野のクラスが六十ほどある。それぞれに専門の講師がおられて、平日は、午前九時台になると、JRや、地下鉄の森ノ宮駅からは、リュックを背負ったり鞄を肩にかけたり、時には杖を付いたり、車椅子での、むかし若者たちの、生き生きした通学の列が続くのである。

その各クラスで、年に一度、『白熱教室』というものを持つことになっていて、皆でテーマを決め、喧々諤々の討論をすることになっている。時々、テレビで見るハーバード大学の、それにも負けじとも劣らんと言わんばかりの、意気だけは満々である。

わが実作教室の今年の題は、「男と女」という、生き物の本質、殊に文学にとっては永遠に終わりのないテーマで、迫ることになった。私は、「司会、進行」者ということで、〝全員発言〟を条件に聞き役に回ったが、受講生の目は、過日出した、文章の題「恋」の時にも増した輝きに満ち、最初は遠慮がちだった面々の口から出る言葉が、この時とばかりに、次第に熱を帯びて教室内を行き交った。曰く「女性の方が人間として上である。女性は芝居がうまい。どんな時でも顔色を変えない。男は、損をしている。男社会は、長い時間かかって男が勝ち取ったのに、今、女性に取られている」「私はお父さん子でした。夫には失望しました」「日頃、女は損だと思っていたことも深く考えたらどっちもどっち、どうでもよくなりました。今を生きるしかないです」「所詮この世は男と女、仲良くしましょう」などなど。後半は正に白熱だったと、皆で自画自賛。最後に、私の小学校、高校の先輩で、素敵な作詞、訳詞家だった故岩谷時子さんの、珍しく演歌調で、園まりが甘く悩ましい声で歌った、うんと艶っぽい「逢いたくて逢いたくて」の一節を紹介して白熱教室「女と男」の締めとしよう。『愛した人はあなただけ　わかっているのに心の糸が結べない　ふたりは恋人　好きなのよ　好きなのよ　くちずけをしてほしかったのだけど　切なくて　切なくて　涙が出てきちゃう』

私も何だか胸、どきどき。

LIP　2015／01

ボーイハント

傘寿ともなれば、少々の遊び心も許されようかと今回は、昔から憧れていた擬古文を鶴島流に書いてみようと一大決心。それというのも、最近思わぬ出会いに恵まれた相手のボーイが、超博識の某国立大学名誉教授。数多〈あまた〉ある著書の中の一冊を頂き、その擬古文に触発されこの仕儀になった次第。

時は、時とて午〈うま〉年の、師走も迫る霜月半ば。所はいにしえ大和の国。とある小道進めばその奥に、はためく暖簾は「そば吟」なり。これぞ贔屓の蕎麦所。木に立て掛けしお品書き、その墨跡も鮮やかに「本日の蕎麦粉、北海道は幌加内」その文字確かむるもそこそこに、生唾ごくんと暖簾をはねる。すかさず聞こえる、

「いらっしゃいませ！」

上がりがまちの横手より白衣も頼もし若人が、笑顔覗かせお出迎え。

「こんにちは」

頬笑み返し言いながら、四、五歩進んで一段上がる。あっと驚くそこは又、昭和初期風ハイカラ好み。古い板間は十畳ばかりの大広間。その真ん中にしつらえた、幅広まん丸、丸机。すべてが木造り自然木。その中芯にどっしり座る酒樽と、見まがうばかりの大壺に、毎度季節の花木々を活けてあるこそおかしけれ。大きく開いた窓の外、古民家点在、広がる山野。目を転ずれば室内の、壁にはそれぞれお得意客の、描〈えが〉きし油絵二、三点。

「あーら、いらっしゃいませ。ようこそ」

ロングドレスに細身を隠し、紅をさしたるその顔は、還暦近しか過ぎたるか。げに難しきは女性の齢〈よわい〉。よろしき後ろ盾あるやなしやは、げすの勘ぐり。何はともあれ、「そば吟」の女主人の登場！　登場！　蕎麦打ち名人、小粋な若者、ベテランお運びおば様までを、一手に納めてその上に誰にも変わらぬ心地よき、おもてなしこそ、いとにくし。

「さ、さ、どうぞこちらへ」

十脚ばかりの机の周り、六、七人の先客が各々好みの蕎麦の前。その一角に腰下ろし、いつもの天ざる注文す。返すその目に留まりしは、隣の席の三老人。歳の頃ならいずれも八十前後、酸いも甘いも超越し、なお目の煌めきは尋常ならず。そんな男〈おのこ〉の両脇に控えし可憐な二人の老嬢。いずれもやんごとなき風情を漂わせ、ただいま蕎麦待ちと見受けたり。お互い手持ち無沙汰のその時に男御仁と目が合いし、これぞ出会いの始まりなり。「そば吟」の好意に付けこみかねてより後ろの小棚に置きたるは拙著エッセー「もぐらの目」、勇を鼓して颯爽と手渡しするこそ恥ずかし嬉し。思いも寄らぬ彼からも、同じく目の前丸机、置かれしものは「奈良新聞」。紹介さるるは好評連載御仁のエッセー。天の介在ならぬ蕎麦の介在とはこの事か。而してボーイハントは大成功。「梁瀬健」片手に余る著書の数々。動物学にも精通の、その名も高き理学博士。得意とするはユーモア文章。相性ぴったりこれいかに。この拙文のフィナーレに、彼推薦の「高齢者おもしろ川柳」より数句抜粋するこそ楽しけれ。

＊日帰りで行ってみたいな天国に
＊女子会と言って出掛けるデイケアー
＊起きたけど寝るまでとくに用もなし
＊誕生日ローソク吹いて立ちくらみ
＊立ち上がり用事を忘れてまた座る
＊妖精と呼ばれた妻が妖怪に
＊お若いと言われて帽子脱ぎそびれ

まずは、お手を拝借。どちら様もめでたしめでたし。

（＊出典 公益社団法人 全国有料老人ホーム協会『シルバー川柳』）

LIP 2015／03

北極よりも寒かった今年の冬

緑と連休の、若者でなくても、どこか心が浮き立つ季節がやってきたというのに、一向に気持ちが日本晴れというわけにいかないのは、何としたことか。

北海道や北国は言うに及ばず、近畿地方でも元旦から雪の舞う、殊のほか寒い今年の冬だった。まるで、人間の傲慢さを、これでも懲りないのかというような、自然界からの怒りの鉄槌のような気がした今年の寒い冬。その寒さは、気候だけでは済まなかった。

それは、見知らぬ砂漠の真ん中に後ろ手に両手を縛られ、刃物を持った一人の覆面の男に見張られた日本人男性二人の映像から始まった。

朝食が済んで、何てこともない日常の始まりに飛び込んできたテレビの画面。

子供の頃、恐怖と共にどきどきしながら読んだモーリス・ルブランの「怪盗ルパン」の表紙絵にも似たその画面は、見慣れた料理番組をぼんやり見ていた私の心を、一気に凍らせた。冗談でしょう。一瞬思った。しかし、映画の一場面のようなその映像は、テレビの前に座った私達を釘づけにしたまま刻々と状況の深刻さを世界に伝え続けた。

「命の尊さを何よりも優先する」「国民の命を守る」「世界の平和に貢献する為」と言葉だけでは言うものの、いつ何どき殺し合いのさなかに日本人を巻き込むか、そんな恐れのある「集団的自衛権」の行使を有効にしたいと狙っている安倍政権。さあさあどうするのか。相手方の要求は二億ドル。

もちろん政治的思惑や取引が様々あるのは、一般庶民にも分からない訳ではない。しかし、戦後七十年間続いてきた平和なこの国の経済状態の中で、何ということではない額だ。とりあえずは、要求額を支払うことを約束して、まずは、二人の命を救うことだ。そのあといくらでも国際的な協力を得て、話し合いが出来るはずだ。私は、心底そう思った。日々変わるテレビの映像は、彼等の家族の悲痛な思いまでも映し出した。

今すぐ相手の要求額を政府が払い、二人を帰国させ、その上で、例えば国民一人あたり百円ずつ集めれば充分それを補うことが出来るのではないか。それこそ本当に安倍政権の平和や命への発言の真偽の試しどころだった。

「こうなったのは自己責任です」と言い切る後藤さんの潔さに、改めて貴重な人材を失った事の大きさを実感したのは、私ばかりではないだろう。

三月、ドイツの首相メルケル氏が、やってきた。「脱原発」の英断を下した女性首相である。「私の考えを変えたのは、やはり福島でした。この事故が日本という高度な技術水準を持つ国で起きたからです。そんな国でもリスクがあり事故は起きるのだということを如実にしめしました。（中略）だからこそ私は当時政権にいた多くの男性の同僚と共に脱原発の決定をくだしたのです。ドイツの最後の原発は二〇二二年に停止し、核の平和的利用の時代が終わって、私達は別のエネルギー制度を築き上げるのだという決定です」『メルケル独首相講演全文』（朝日新聞・三月一〇日）より抜粋。その反面、福島事故の、当事国の政治家が、今、猶「原発再開」と言っている珍妙さ。その理由として挙げる失業者の救済や、電力の心配。それらに取り組むことが、正に真の政治力ではないのか。

今に又、自然界の鉄槌が下されるに違いない。くわばらくわばら。

もぐらは、早々に地下に避難といたそう。

ＬＩＰ　２０１５／０５

十万分の一の偶然

白い雲と、遠くの山がゆっくりと移動し、目の前をマンション群や看板が、またたく間に走り去る。

とある木曜日の朝九時。長さ二十二メートル、幅三メートルの空間は、程よく散りばめられた人々を載せて、都心へひた走る。ラッシュアワーがひとまずはけたあとの、ジェイアール西日本、東西線の車両の中。どこかゆったりした風景だ。

「大阪府高齢者大学校」のエッセー文学科の講師を引き受けてから三年。朝のこんな時間に、決まった路線の乗客となる経験からは、ずいぶん遠ざかっていた私にとって、願ってもない楽しい時間だ。「さあどうぞ」と言わんばかりの優先座席を敢えて避けて、長い座席の真ん中に座る。視線は、自然に前の席に。

パソコンを膝に広げ、仔細あり気に首を傾げては、キイをせわしく叩く黒スーツにネクタイの、これから営業の仕事にでも行くのか、働き盛りの男性。それを横目で見ていた隣の老婦人が目をつむり、やがてこっくりこっくり。時々びっくりしたように顔を上げ、周りを見回す。降りるべき駅を見逃さないよう、居眠りで乗り越して約束の時間に遅刻した経験者の私は密かに祈る。ああああ、またまた。さっきの駅から乗ってきた若い女性。座った途端にバッグから化粧道具を取り出し手鏡をかざすや、両方の睫毛を小さな刷毛でかき上げたかと思うと、今度は口紅を取り出し、真っ赤な上に又、塗りつける。ぱちんと鏡を閉じると、太腿までのぞかせて逆V字型に開いていた足をちょっと揃えて、我に返ったようなまなざしであたりを見まわしている。食べたあと気になる口元の修正も、人前ではためらった我が青春の頃を思い出しながら、何はともあれ、こんなに女性が、衆目の中で自己主張（?）出来る自由さを道徳とか礼儀とかで、上から縛るよりもいいのかも知れないと、私は思ってみる。

ふと気が付くと、隣の学生風の男性。耳にはイヤホーン、左手には、もちろんスマホ。電話とメールだけのノウハウしか知らない私は、そっと覗いてみる。若い健やかな指がスッースッーと滑らかに動く度に、絵や文字が、瞬間に変わっていく。どんな画面を楽しんでいるのか。程よく冷房の効いた車内の心地良さが、私をふと気楽にさせた。

「何を見てらっしゃるの。面白そうね」

「あ、いえ、はい」

若者は、慌ててイヤホーンを引っ張り落とすと私の顔を見てにっこり。

「ごめんなさい。素早く画面が変わるし、楽しそうだし」

「世界の事、何でも分かるんですよ。誰とでも会話が出来ます」

気軽に応じてくれる。私の数倍はあるだろうこれからの彼の人生が、平安でありますようにと願いながら、改めて車内を見回す。あの人もこの人も電車を降りてしまえば、二度と会えないだろう。私の大好きな推理小説の大家、松本清張の『十万分の一の偶然』は、その希少時間を利用して殺人を犯すワクワクドキドキものの小説だ。今日、私は、「十万分の一」どころか、永遠に会うことのないだろう幾人かの人々とひと時を共にした。

人間、どんな人も元を正せば好い人だ。何だか今日会ったすべての人が懐かしく愛しい。

ＬＩＰ　２０１５／０７

朝食はそれぞれに

認知「症」と運転免許「証」

同じ「しょう」という読みでも「症」と「証」では、意味するところが、まるで違う。

先日、「運転免許証」の更新のための検査を受けた。私の年齢で、なお運転しようと思うと、通常の、目、耳、感覚、実地運転の試験の他に「認知症検査」というのが加わる。無理もないことだろう。連日のニュースを賑わす交通事故の半数くらいは、高齢者の運転。それに火災や、様々な事故の被害者の大半が、七十歳以上というのをみても、年齢による身体の衰えを自覚するのは当然だろう。しかし、しかし、まだまだいけると自負し、頑張る意地もまた、人間の否定出来ないプラス思考による生存意欲なのだ。

あらかじめ申し込んでいた日、指定された検査場所に行った。私を含めて二十人の老若男女と言いたいところだが、正に老々男女なのである。と言っても、女性は、私と、もう一人だけ。待合室は、高齢者で、なお且つ運転しようという目的だけが共通点の、ちょっぴり緊張感が加わってはいるものの、隣も横も皺々顔ばかり。

まずは十人ずつに分かれたので、女は私一人。

ははー、あの手は、自分より歳上のようだ。大丈夫、まだまだいける。などと心中密かに思いながらそっと周囲を見回す爺さんと爺さん。その中で何となく孤独な私。

前にあるスクリーンに、六つ位の日用品が写し出される。曰く「傘」「ステレオ」「百合の花」「箒」など。それを一分程見て脳に記憶させる。そこで再度、六個の日用品が出て、又記憶。係員の説明があって、回答用紙が配られるが、中には、その話も聞き取れない人もいて、いちいち係員が傍へ行って大声で説明する。聞けば、御歳九十歳とか。オールコンピューターの車を運転するので是非更新したいとのこと。脱帽！

解答用紙を開く。まず大きな時計の絵。丸い形と数字があるだけで、針は無い。

「はーい、今、三時二十七分です。時計の時刻をそれに合わせて書いて下さい」

との指示。次ページは、「電気製品」とか「植物」とか書いてある下の空白欄に、先程、記憶した物の名前を書く。私の場合、十二の回答欄のうち、三つが空白のままだ。少々焦る。机の周りを歩く係員が、皆の手元を覗き込みながらちょっぴりヒントを出してくれる。出来た！遠い昔の教室の風景が浮かび、胸がキュン。思えば遠く来たものだ。

次は、スクリーンに写し出される動く画面の前で、エンジン、ブレーキ、ハンドルの操作。これは、アニメのヒロインになったつもりでちょっぴり興奮。

さて、いよいよ実地運転。くねくね道あり、車庫入れあり。小高い所への乗り入れなど。細い道でのカーブでは、二度ほど脱輪。まあまあ、車が違うから、いいでしょう。と、同乗の指導員。

かくして、来る更新時に警察へ持参の「認知症」検査の「合格証」を無事ゲット。「症」を乗り越えた「証」の有難さ。但し、ここに書いた試験の問題は、私の適当な創作で、参考にはならないということ。念の為。

ＬＩＰ　２０１５／０９

臍（ほぞ）を噛む

八月の末、長崎へ行った。夫と次男、私との三人連れの日帰り旅である。翌日に、のっぴきならぬ予定を抱え、宿泊は無しという強行旅だ。その上、新大阪駅から「のぞみ」で博多へ出て、特急「かもめ」に乗り換え、長崎へという往復陸路ばかりの長旅である。

「え！　長崎まで？　飛行機じゃなかったの？」大方の人は、聞き返す。

「そうなんです。これには、深い訳があるのです」

出発前、時期が時期とてテレビで三十年前に起きた、日航機の悲惨な墜落画面を度々見る羽目になったのが、そもそも、この気の長い旅の始まりだった。

「『のぞみ』にしよう、『のぞみ』に」言い出したのは、夫である。

「そんな。時間がもったいない。飛行機なら、少し位は観光も出来るし、気持ちがゆっくりするじゃないの」と言いながらも、さっき見たテレビ画面での現場と、遺族の人々の様子がちらちら目に浮かび、こちらの気持ちも陸路に多少傾かないでもない。

いやいやそうはいかない。飛行機なら往復二時間。陸路だとその四倍の八時間は、悠にかかるのだ。その上、長男のお嫁さんが、某航空会社に永年勤務していたので、飛行機なら何かと便宜を図ってもらえるのだ。ここで踏ん張らずに何としよう。と思いながらも「あんたは、どう？」同行する次男に水を向けると、「電車がいい」即答である。幼児の頃から電車が大好きで、いつも一番前の車で、運転手と一体になって、真剣に線路を見つめていた彼にとっては当然の言葉。それを知りながらも聞くのが民主主義という多数決論理なのか。

かくして九時十五分、新大阪駅出発で、長崎についたのが、何と午後一時半近く。

目指すは、「県立長崎美術館」で開催中の『瀬戸内寂聴展』。

「『生きることは、愛すること』これからを生きるあなたへ」の文字が、長崎新聞の記念号に大きく踊っている。更に、「戦争はするな。原発反対」の言葉。これこそ今年九十三歳の彼女の強い意志に違いない。

現役の作家で仏教家でもある彼女の、公私含めて多方面に亘る全軌跡が、うかがえる大規模の展覧会で、特にたくさんの人々との対談の記録は、何度繰り返し見ても飽きない。全館、瀬戸内寂聴の人間に対する精神の幅の広さと限りない温かさを伝えるものだった。お土産を買う暇もなく、電車に飛び乗る。窓から見えるのは、トンネルに加えて夜の闇ばかり。飛行機でと、もっと主張すれば良かったのだ。その心は「後の祭り」「後悔先に立たず」どころか、正に「臍を噛む」心境なのである。

帰宅後、元寂聴文章塾塾生の私は、さっそく先生に電話すると、「今、徳島に向かうところ。今度は、ほら、山田洋次さんと対談するのよ」との言葉で携帯は切れた。え！　まあ嬉しい！　胸が躍る。というのも、私の小説「トミーの夕陽」が、山田監督の映画「学校Ⅲ」の原作になり早や十七年も経つが、その後も何となく山田監督とはご縁を頂いているからだ。慌て者でおっちょこちょいの私はこのところご健康を取り戻された寂聴先生を度々テレビで拝見しているので、てっきり対談の収録だと思い込んでしまったのだ。翌日、あの時「徳島に向かうところ」という寂聴先生の言葉がふと、頭に浮かび、耳に残っている声を反芻してみる。そうだどう考えてもあの日、あの時、徳島で対談があったのだ。徳島ならバスですぐ行けたのに。これも又「臍を噛む」である。

「政府の発表、疑わないと」「悲惨な戦争忘れないで」九月四日の朝日新聞に出た『「戦後」「平和」語り継ぐ』と題した対談の中のお二人の言葉である。

国民の意見を聞かず、多数を頼んで早々と決めてしまった法案。何年か先に、一億総出で「臍を噛む」ことのないよう、今、考えたい。

ＬＩＰ　２０１５／１１

我が愛しの刑事コロンボ

連日、いつもより、うんと早める夕食の支度。それさえもそこそこに、午後五時近くなると何をおいてもテレビの前に。ヘンリー・マンシーニのプロローグメロディーで始まるアメリカの人気番組ピーター・フォーク扮する『刑事コロンボ』が放映されるからだ。

日本では、再々放送、あるいは三度、四度目かも知れない。これは、前に観たぞと思いながらもついつい引き込まれて、二時間ほどテレビの前の席は、誰にも犯されない私の領域になる。

それは、通常よくある犯人探しではない。まず初めに、どういう人間関係の中、どういういきさつで殺人がありえたのか。その全容をまず視聴者に分からせる。そのあとに「うーん」と言いながら右手の小指をおでこの上に持っていき、左右ちょっとちぐはぐな黒目の動きを静止して、じっと考えるスタイルを取るコロンボ刑事が登場するのだ。その頭脳のひらめきと並行して、テレビの前を分捕った私自身にも、思考力と想像力と推理力。その上、ドキドキワクワクの感性を働かす絶好の機会が与えられるのである。

加えて毎回、殺したり殺される主要人物が、すべて権力者か大富豪なのが気に入っている。と一口に言うが、両者とも、そんじょそこらの日本人には到底想像出来ないほど桁外れの大物なのである。従ってその舞台はいつも、ピカピカの大型自動車で大きな門をくぐってから何分かかるのか、大庭園ありプールありの大邸宅なのも興味津々。

それに反して、ロスアンジェルス市警の我がコロンボ刑事の車は、満身創痍の時代物。

車にいつも、ぶち柄の大きな図体、そのわりには気の弱そうな顔つきの犬を同伴している。その車から、これがトレードマークの、よれよれコートに、安葉巻を持った手を額に当て、殺人現場に降り立つのである。ここで犬が何らかの手助けをするのかと思いきや、車の窓から顔を出し、何やら因果を含められた挙句、車内で留守番。この犬とのミニ会話が、仕事前のコロンボの精神高揚剤に違いないのだ。重厚なドアを開けると、豪華絢爛な飾りつけの大広間。「うーん、うちのカミさんがー……」。画面には絶対に登場しないカミさんをダシに話しかけながら相手を煙に巻き、抜け目なくその表情や、フロアー、窓、懸けられた名画、家具などに鋭い目を放つ。人前には出せないような代ものなのか、それだけに視聴者の想像力をかきたてるカミさんという存在。彼女とそして犬が、コロンボの見事な推理力の一端を担っていることは確かである。いつ、彼の組み立てる論理が真犯人の巧妙な殺人トリックに辿り着くのか。そのもつれた紐をどう解くのか、時には、大方の推理ルートを大きく外れて思わぬ横道から攻め入る手法が、一層、私の好奇心をかきたてる。

アメリカ社会の格差を見せつけるような、持つ者と持たざる者の対決。人種的には差別対象にされ易いと聞くイタリア系コロンボの勝利で終わるこの番組の面白さは、リチャード・レビンソン、ウィリアム・リンクという二人の原作者の筆が持つ思想であり、巧みさでもあろう。願わくは、英語のままの字幕放映で今年も楽しませて欲しいものである。

LIP 2016／01

ものになりますやろか
八十路の挑戦

とう〜ざあ〜い、とざあ〜い〜〜。

おばちゃん、おっちゃん、そこ行くイケメンさんに、長〜い睫毛のお姉さん。それから勿論爺さん婆さんも、居眠りしている場合じゃございません。ご存じかな、大阪出身の芥川賞作家、田辺聖子さん。彼女の傑作『欲しがりません勝つまでは』『おせいとカモカの昭和愛惜』などから抜粋。ほらほら古〜い懐かし〜い大阪風景が舞台一杯出てきまっせ。その朗読劇の始まり〜、始まりい〜〜。演じまするは、その名も高い枚方の朗読劇団「言葉座」（ことわざ）の面々。時は、弥生三月十八日。花や草木も踊る午後の二時。その上、無料ときたもんだ。開場は一時半だよ、早めにおいで。所は京阪枚方市駅、歩いて五分の「メセナひらかた」。これこそ観なきゃ損損。お問い合わせは『〇七二・八四四四・八七八八』早い者勝ちだよ申し込み。チョンチョン。

はやばやと、年明け一月七日に始まった初稽古。とある駅前に近い市民センター。寒風の中、三三五五男女が集まって来る。創立十周年になるという朗読劇団『言葉座』のベテラン声優達である。元大阪府立高校の英語の先生で、文学にも殊の他造詣の深い、奥村和巳先生が創始者の、この劇団に初めて私が出会って感銘を受けたのは、昨年九月「東北の文学に思いを馳せて」とのタイトルで東北出身の作家、高村光太郎、太宰治、藤沢周平、石川啄木、宮澤賢治、斎藤隆介、井上ひさしの作品を朗読劇に構成され見事な語りで演じられた、その舞台を観てからである。聞けば二〇〇六年、「被爆・敗戦六十年の節目に反核兵器・平和のメッセージを朗読で」の趣旨で始められたとのこと。現在団員二十三名。代表者は、見るからに頼りがいのある偉丈夫、日本舞台監督協会所属の片伯部輝雄氏で、劇団の良き牽引者である。一方「大阪新劇フェスティバル」の男優演技賞を二度受賞された劇団「大阪」所属の俳優斎藤誠氏が、演技の指導や演出にあたられ、元祖奥村先生は、現在、脚本執筆や文学的アドバイスでご活躍。心強い劇団のバックボーンである。

子供の頃から文章を書くことと朗読が得意だった私は、「視覚障害者」や子供達に読み聞かせなどのボランティアをしたこともあって、あちこちの朗読グループを探訪してみたが、たまたま「言葉座」の、私流に言えば、ギリシャ劇のような洗練された舞台に出会い、今一度、人生最後の意気込みをこの「言葉座」に託してみようと、相手方の迷惑も顧みず、昨年秋、晴れて団員に加えて頂いた次第。日を経ず以前からメンバーの一人になっている「枚方人権まちづくり協会」の委員会で披露したところ、協会の主催で公演会を持とうという思ってもみなかった嬉しい方向に事が進み、その上、入団ほやほやの私も、出演させて頂くという身も細る光栄。

ここで、ひと花咲かせられるか否か。如何相成りまするや。それは観てのお楽しみい〜〜〜。

チョンチョン。

三月十八日（金）二時「メセナひらかた」へどうぞ！

ＬＩＰ　２０１６／０３

朝食はそれぞれに

空を泳ぐ鯉

川魚は苦手だ。やっぱり魚は海のもの。

といっぱしの書き出しをしたものの、一流の料亭で上物の魚料理を食べる経験豊富というわけでもなく、せいぜい回転寿司のカウンターで、懐具合と相談しながら「ウニ」「上鮪」「カンパチ」「イクラ」などと注文するくらいが関の山。

調子に乗って付け加えるなら、その魚もなんたって刺身が一番。次いで握り寿し。

煮ても焼いても食えぬものは、食えぬ。人間も同じ。何でも素（す）のままが最高だ。おっとどっこい、鰻は別だ。育ちは川でも生地は海。

四十年も昔、同人誌を主宰していた友人が、富山は立山の山男に恋をして、一見、幸せそうに見えていた家庭を捨て、富山に移住した。その彼女のお蔭で、立山のふもとで、生まれて初めてのスキーを習ったり、富山湾の海岸べりで、砂の上に胡坐をかき、とれとれの海の魚たちに会いまみえ、それこそ目一杯、海の魚の美味を満喫した。

「つるさん、おなか大丈夫」

その時の友人の、あきれ顔が、懐かしい。今は彼女も八十歳後半。生地、東京文京区で一人暮らしだ。

そんなこんなを思い出しながら、テレビの画面に目をやると、

「うーん、旨い」

「このしゃきしゃき感。それにこのドレッシングのハーブの香りが何とも言えない。美味しい！」

毎度おなじみのタレントたちが、てんでに大口を開け、目を細めて決まり文句の称賛ひとしきり。手の届かないところでいくら美味しいと言われても、誰が信じるものか。チャンネルを変える。

「この新鮮な鯛の身を、ほら、このジューッとバターを溶かしたフライパンに入れ」

こちらは、真っ白なキッチンで真っ白な割烹着のシェフが、得意げにフライ返しを扱っている。その鯛の上にレタスやらブロッコリーを放り込み、オリーブオイルを垂らす。

「わ！たまらん。唾ごッくん」

大仰な身振りで横に控えた、これまたタレントが目を細める。

何ゆえ、鯛にバターやオリーブオイル？　その上クレソンだと！

思わず声を出す口と目の前に、緑のわさびと醤油に伴われ、真っ白な細切り大根に盛られた透き通るような鯛の身が浮かぶ。それこそ、

「わ!たまらん。唾ごッくん」だ。

最近、とみに料理界を異国風が吹き荒れるのは何としたことか。その上、どのチャンネルも競って料理番組だ。一億総食民とでも言ってみるか。

魚は、刺身。肉はステーキ。一切の装飾は不要。

今、五月。空に泳ぐ鯉は、れっきとした川魚だが、この時期ばかりは海より広い空を我がもの顔。このよき季節。刺身良し、鯉のぼり良し、日本の空に平和がある限り。

LIP 2016/05

天災と人災は忘れないうちにやってくる

交通機関がすべて止まった阪神国道を、水の入ったペットボトルの箱を持って両側の惨憺たる風景の中、友人の安否を心配しながら歩いてから二十一年。その上、またまた東北大震災。連日テレビで見る地震と津波の信じられないほどの凄まじさ。それからも早や五年が経つ。

ああ、それなのにそれなのに、今回の熊本の地震。私の人生、八十一年の間に日本の国でこんなに度々の災害を経験するとは思ってもみなかった。

百歩譲って天災は致し方ないものとしよう。長年、人間の放出してきたアンチ自然のものがこの広い宇宙にかけがえのないたった一つの地球を、気の遠くなるほどの年月を懸けて様々な生物を育て上げてきた地球を、一番優秀だと信じてきた育ての子、人類が裏切ったのだ。もはや仏の顔もこれまでか。地中のもぐらも我慢の限界か。

その怒りは地球からすればもっともな鉄槌だと納得しよう。

しかし、しかしである。東北大震災による福島原発の災禍。この終わりの見えない放射能による恐ろしさ。これこそ避ければ避けられる、人間が自ら招いた人災である。いい加減にせい！

もはやこれまでと我慢の出来なくなった地球が、怒りを爆発させたに違いない。

どこから考えても人間も含めてすべての生き物にマイナス面しか齎さない原発。その原発の恐ろしさを知りながら敢えて、原発の再稼働を許すこの国の指導者。すべての命の代弁者人間として許しがたい気持ちを持つのは、私ばかりではないはずだ。

そんな今年二〇一六年五月、アメリカのオバマ大統領が広島に降り立った。

彼の顔には終始憂いが漂い、みずから折ったという折鶴を被爆者の気持ちに沿った言葉と共に捧げたという。テレビやマスコミの中の彼の表情や言葉から窺える限り、その人柄も真摯で好感の持てるものだった。原爆の被害を受けた地での彼の「核兵器廃絶」への決心と声明が、世界の指導者たちを動かすに違いないと私は信じている。果たして横で神妙に聞いていた日本の指導者の心中や如何に。

太平洋戦争の始まり、一九四一年十二月八日。私は国民学校（小学校）に入学した年だった。父が、旧制中学校の数学教師だったので、当時の住居、兵庫県西宮市の自宅には、十七、八歳、今の高校生年齢の若者たちが時々、遊びに来ていたのを覚えている。祝日には、父を手伝って女学校に入学したばかりの姉と共に日の丸の旗を出し、新年には家族で祝い、三月には雛を飾り、夏には海水浴。そんな普通の平和な日常が、この日の日本軍の突然の「ハワイ真珠湾攻撃」によって瞬く間に奪われてしまった。小学校五年生での集団疎開。親元を離れた田舎での日々の限りなく心もとなく悲しかったこと。皆で泣きながら眺めた夜空の星を遮るアメリカのＢ２９の機影。やがて敗戦。帰ってみると懐かしい街も家もなく一面の焼け野原。幸い家族は無事だったが。あの人は？　あの八百屋さんは？　魚売りのおばさんは？　そんな大きな犠牲の上に今の平和憲法がある。

ＬＩＰ　２０１６／０７

瀬戸内寂聴先生と〝そこ〟

「あなたの寂聴でいいよ」

私が、講師として担当している『大阪府高齢者大学校』の「文章表現を楽しむ科」で今年度最後の授業、二〇一七年一月、二月、三月に「瀬戸内寂聴の世界」を、計六時間受け持つことと決まった時、その晴れがましいタイトルに恐縮して、まずは何が何でも先生のお許しをと電話した。面はゆい気持ち一杯で口ごもりながら何とか伝えると、その返事が冒頭のお言葉であった。三十年も前になるだろうか、京都の寂庵で開かれた「瀬戸内寂聴文章塾」に入れて頂いたのは。教室になった庵の正面には、安置された仏様と、その前に立たれる墨染の衣姿の寂聴師。仏様に向かって木魚を叩きながら般若心経を唱えられるその師の後ろ姿は正に生き仏様と言いたいところだが、くるりと振り向かれた途端、破顔一笑。そのお顔は、売れっ子作家の自信溢れたお顔そのもの。従来の尼僧達によく見る、妙に取り澄ました悟り顔は全くなかった。

閨秀作家という私の中のイメージそのもの。自由で解放された人間のお顔だった。いつも一番前の席に陣取り、この作家の一言をも聞き逃すまいと気張っていた私は、当時五十歳になったばかり。サラリーマンの夫と成人した二人の息子を持つ主婦だった。

旧制中学校の数学の教師の傍ら文学好きだった父の影響で、小学生の頃からたくさんあった岩波文庫の本を訳も分からず読んでいたのを覚えている。そのせいかどうか、作文が得意で、選ばれた自作をいつも人前で読まされた記憶がある。生意気にも、いつか作家に、と憧れた私に、神は、いや仏は、最高の小説のモチーフを与えてくれた。次男の「自閉症」という「障害」である。「あなた、〃そこ〃を書くのよ。一番自分の苦しいところ。或いは書きたくないところ。〃そこ〃を書くことが小説の基本よ」との先生のお言葉。塾の同人誌『かるら』を任されてはいたが、恋愛ものや社会派ものに筆が向き肝心の〃そこ〃を何となく避けた文章ばかり。もちろん、いつかはと思っていたが、よくある苦労話やお涙頂戴ものにはしたくないという私の生来の楽天性と妙なプライドに後押しされ、「障害」を斜に構えユーモアを交えた視線から書いた初めての小説『トミーの夕陽』が先生や、亡くなった井上光晴先生にも褒められ柘植書房新社から出版された。やがてそれが、幸運にも『寅さん』で有名な山田洋次監督のお目に留まり、『学校Ⅲ』という映画の原作として取り上げられたのである。その本の帯には寂聴先生の「偶然にもこの作品にめぐりあって思いがけないあたたかさ、優しさに包まれ、傷ついた心を癒されることを想像するとき私の喩は思わず熱くなってくる」というお言葉と、後に再版された帯には、「澄みきった秋空のような、気持ちのよい明るさと透明な悲しさ―『トミーの夕陽』の不思議な魅力がぼくをとりこにした」との山田洋次監督の身に余るフレーズを戴いた。

その後英語とアラビア語に訳され、映画も世界各地で上映されたが、ニューヨークとミネアポリスには私も招かれた。今は「大阪府高齢者大学校」の講師も務めさせて戴いている。すべては寂聴先生の〝そこ〟から始まった私のささやかな書く人生である。

LIP 2016／09

日常の外

とある駅を降りると、そこは、小さな古びた店が並ぶ昔ながらの懐かしい一角。日暮れ刻ともなれば、焼き鳥やソース、ビールや焼き魚の匂いに誘われた仕事帰りのおじさんたちが、思いきりストレスを発散させるかっこうな場所でもありそうだ。今、私はその駅の出口に立っている。何年振りだろう、こんな所で男性と待ち合わせるのは。胸どきどき。

相手は「キットン」こと木藤君。孫よりも若い国立大阪大学二回生。

毎週一回「自閉症」の息子が、彼と仲間達が集まる阪大キャンパスの中の「ボックス」と称する空間で思い切り自由な時間を彼等と共に過ごしている。その学生達に今日は、私がゲストとして招かれたのだ。何でもいいですから息子さんの小さい頃からの話をして下さいとのこと。拙著『トミーの夕陽』が山田洋次監督の映画「学校Ⅲ」の原作の一つになり、北海道から九州まで、果てはニューヨーク、ミネアポリスにまで招かれてお話をしたトミー行脚の頃から、ずいぶん久し振りのことになる。

「お待たせしました。こちらです」爽やかな声と共に、長身のキットンが現れた。

踏切を渡ると道幅が急に広くなり、左右に高い並木が続く緩やかな坂に出る。緑の中を大らかにカーブしながら国立大阪大学の正門に続く道である。人間臭さ一杯のホルモンの匂いから一変して今度は、アカデミックな領域へ。思えば阪大の学生さんとの付き合いは、おおかた四十年にはなろうか。この話は、又の機会に。

「いつも有難うございます。今日はどんな事話せばいいの」

「いやあ、何でもいいですよ。芳樹さんの事なら何でも」

登り道に、少々息切れする私を気遣ってか、ゆっくりした足取りのキットン。

「芳樹、いつもここを歩いてボックスに行くのですね」

「そうです。にこにこしながら登って来ますよ」

「そうでしょう、そうでしょう、目に見えるようです。家では見た事のないような特上の笑顔で」「はっはッはっ」期せずしてキットンの脳裏にも、ニコニコ顔の芳樹おじさんの顔が浮かんだのか、二人して大笑い。夏休みとあって学生の姿は少ないが、緑の中のそこここに、教授らしい人を囲んでの団欒だろうか、たむろする楽しそうな雰囲気の若者達。やがて案内されたのは広い教室。その正面に私の席。やがて、三三五五、学生達が集まってくる。男女半々ぐらいで三十人程。留学生らしい外国人も一人いる。

毎週、「ボックス」で芳樹と共に過ごすキットン始め「フロンテア」の学生達が、友達を集めてくれたのだ。近頃は、「大阪府高齢者大学校」の、文字通り「爺様、婆様」達の前でおしゃべりする「大婆様」の私。何と今日の空気の新鮮さ。大婆様の私としたことが少々上がり気味の二時間。時には質問しながら真剣に楽しそうに聴いてくれた若者達。私にとってもこよなく楽しい刻だった。感謝、感謝。「さて話の内容は？」と問われれば、

待ってました！『トミーの夕陽』（柘植書房新社）をどうぞ。

LIP　2016／11

朝食はそれぞれに

「枚方自閉症児（者）親の会」結成五十周年記念大会 おきまつさんと よっちゃんの邂逅

「私、西田、あ、いえ、興松です」

豊かな髪にちょっと手をやり、恥じらいを見せた美人が、私の前に立った。昨年十一月二十三日に開催した「枚方自閉症児（者）親の会」結成五〇周年記念大会の会場。大阪は枚方市、ラポールひらかたの大研修室である。大会の記事を紹介した前日の読売新聞を見て懐かしさのあまりとのこと。五十年ぶりの再会である。

次男が、当時アメリカのカナーという医学者によって命名された「自閉症」という病名を付けられたのは、三歳の時だったか。聞き慣れない言葉を前に戸惑う私に、なるべく早く同じ歳頃の子供の中に入れなさいと言われたのが、現在「大阪府衛生会附属診療所」所長の石神亙先生で、その日もお話をして戴くためにお招きしていた。

枚方の幼稚園のことごとくに断られたあと、一人の女の先生の「私がやってみましょう」の好意で受け入れられた保育園もその先生の四国への帰郷で退園せざるを得なくなり、石神先生に紹介された、同じ大阪府とは言え、電車で通うと一時間半はかかる豊中の幼稚園に母子で通うことになった。「どんな子もおんなじ子供や」という大らかな園長にしてこの人ありといった若い女の先生が担任で、分け隔てなく接して下さり、この頃から電車に乗る術など、彼なりに、自分と他者との関係や社会のルールなども少しずつ理解出来てきたのではないだろうか。その上私にも又、思わぬ余禄があったのである。フランス刺繡を習っているという次男と同じクラスのお母さんの誘いで、幼稚園の終了時間まで私が一番苦手とする針仕事の世界までも垣間見ることが出来、その時創った刺繡一杯のピンクの鏡台懸けが、今でも不器用な私の唯一の宝になっている。それを手で上げて鏡を見る度、よくもこれだけ様変わりしたと思える我が顔の向こうに、ようやく子供達の中で一緒に体操をし始めているその頃の次男の幼い姿が浮かんでくるのである。

「え！　おきまつさん！　あの……」

豊中に三年間通ったあと、枚方の校区の学校に入った次男と、二年間同じクラスだったあの可愛くて活発な女の子興松さん。私というよりは、彼の方が、恐らく片時も忘れた事はないだろう、時々声に出して「興松さん、どこにいるかな」と呟いていることも私は知っている。次男が入学前に私が声を掛けて発足した「親の会」の軸足は、いろんな人がいてこその人間社会。それに共感して下さる先生のお陰もあって、子供達は、「よっちゃん」と愛称で呼び、いつの間にかクラスの人気者（?）に成り上がっていたようだ。中でも興松さんは、住まいが近くだったせいもあって、家にも度々遊びにきてくれたのを思い出す。

今は、大手の貿易商社のサラリーマンのお連れ合いと二人の成人した息子さんを持つ幸せな奥様。相変わらず話の噛み合わないチャールズ・ブロンソン張りの髭男。その日二人の間には、どんな空気が流れたのか。興松さんにマイクで会場の皆さんに思い出話をして貰っている間の、少々照れ顔の次男。

涙混じりの私の瞼に、走り回る幼い二人の姿が滲んでいた。

LIP 2017／01

天国だった去年の暮

「お義母さん、今年のお節は、任せてください。全部私がしますから」

長男のお嫁さんから電話があったのは、去年の暮も押し詰まった十二月三十日。

「わ！ほんと、嬉しい！」

受話器を持ったまま、私はその場で小躍りした。

例年なら、窓拭きやガスコンロの手入れ、家中の掃除を早めに済ませるのが、せっかちな私の習いなのだが、何故か気にはなるのに体が動かず、大方の事は夫と次男に頼み、のらのらと年末を迎えてしまっていた去年の暮のこと。なるほど、加齢とはこの事か、何事にも気はあるのに体が動かない。いや、本当は、体を動かそうとするのに気が伴わない、とでもいうべきか。

いつまでも暖房の効いた部屋のテレビの前から腰が上がらないのだ。

もちろんお節料理のことも気にならないことはない、二十五日を過ぎたころから、黒豆やごまめ、数の子など、気の付いたものは、買い込んでもいる。毎年、決まりきったお正月料理は、当然のように私が用意し、お嫁さんは、それに、今時のモダンなメニューを加えてくれるという段取りのお節料理なのだが、その我が分担さえも大儀に感じていた去年の私。

そんなところに飛び込んできた彼女からの朗報。やった！　急に腰が軽くなり、そうだ、お重箱や、お屠蘇の祝い道具。それに祝い箸など用意しなくちゃ。

私の気持ちと体は嘘のように軽くなり、一年に一度、五日程の間だけお出まし戴く塗りの品々を箱から出して、用意万端整えたのである。

待ってました！　大晦日の朝早く長男の車で一杯の荷物と共に救世主はやってきた。あっと言う間に机一杯に材料を並べ、その前にすっくと立ったエプロン姿のお嫁さんの勇姿。

「よっちゃん、ほら、そっちの袋から人参出して」

日頃は、気が向かないと中々動いてくれない次男も彼女の手にかかれば、嘘のような身の軽さ。お昼近くには、パクッと一口、思わず手を出したくなる料理の数々が、机の上に幾皿も並ぶ。週に一度、フランス語教室を開き、時には皆さんに手料理をご馳走しているというお嫁さんの面目躍如である。さてこれからが、ようやく私の出番だ。この品々を如何に美的に朱塗りのお重箱に納めるか、私の腕の見せどころ。よっしゃとばかりにお菜箸を持った途端、

「お義母さん、こんなに素敵な大皿があるんですから、お皿にきれいに盛り付けて、机に並べましょう。塗りは、片付けも大変だし」

と言いながら、それぞれのお皿にサランラップを懸けていく。なぬ！　サランラップ！　一瞬、がく！　ときたかと思う私の頭の中を素早く思考がかけめぐる。成程そうだ。お皿なら洗うだけで済む。後片付けが簡単だ。こうして世の中は、移り変わっていくのだ。世代交代。いつまでものさばっていては嫌われるばかり。

「老兵は消え去るのみ」と、ふと呟いてみて気が付いた。消してはいけないものがある。「老兵」こそが伝えなければならないもの。それは、どんな理由があれ「戦争」だけは「悪」だということだ。

戦争の中では、暮も新年もない。平凡で平和な人間の日常の営みそのものが、無くなってしまうのだから。

ＬＩＰ　２０１７／０３

木津川計さんの洒脱ではない粋な語り

藍色木綿の作務衣姿の木津川計さんが舞台の下手から、まるで小さなお寺の潜り門からひょっこり顔を出した庭番のおじさんの態よろしく登場されると、待ってました！　とばかりの万雷の拍手。あにはからんや、ここは、立命館大阪梅田キャンパスの円形教室。百人程の人々が舞台を囲んで目線より少々下の舞台を見つめるという心地良いホール。

その小さな空間で、木津川さんの巧みな語りが、まるで古代ギリシャの野外舞台で劇を観るのは、かくやかとばかりの迫力で、満席の観客の心を物語世界に誘ってくれるのだ。

小柄な木津川さんの口から、長年にわたって蓄積された豊富な日本語と文学への造詣。人間への尽きない好奇心と、登場人物に対する溢れるような愛情が迸る時、目の前の作務衣姿が、大将にも、社長にも、或いは浮浪者にも、時には、華やかで哀しい花魁や、うらぶれたカフェーの女給にも変身するから不思議である。

そんなに思っていながら私は、いつ、どこで木津川さんとの最初の出会いがあったのかを定かに覚えているわけではない。そうだ！　確か芦屋での公演、菊池寛の『父帰る』だったか。こんなところにも、いいかげんでアバウトな私の性癖が邪魔をする。

彼の大きな仕事である、京阪神の芸能や文化を広く紹介、論評される雑誌『上方芸能』や、ラジオの軽妙なトークも。凄いなと思いながらもそれほど熱意を持って読んだり、聴いたりしたものでもない。それなのにまことに残念至極。四十八年間で二百号まで出された『上方芸能』を昨年の六月に終刊されたそうだ。

そんな風に思うのも、阪神間の西宮育ちという生粋の関西人の私の中に、ああ、こんな素敵なおじさんが大阪にいて、おらがふるさとの歴史と文化をしっかり確認し、広めてくれるのだとの安心感があったからに違いない。それは、幼い頃、いつ帰っても家にいて私を迎えてくれると安心して、気にもしなかった母親を、大人になって振り返ってみると、それには、母親の愛情と、並々ならぬ努力があったと気付く。そんな気持ちと共通したものがあるのではないだろうか。

先日、昨年度最後の「木津川計の一人語り」、『「生きる」　これから』と題した舞台を観賞した。映画『生きる』は、巨匠黒澤明監督の一九五二年製作の名作で、その年のキネマ旬報ベストテン第一位、毎日映画コンクール日本映画大賞を受賞している。

中学生の頃から映画好きを自認し、午後の授業をさぼってでも、大阪京都神戸はもとより、地元でも日本映画は西宮劇場、洋画は北口会館と渡り歩き、休憩時間でさえも薄暗い当時の劇場で、胸ときめかしながら銀幕を見つめていた自分の姿を懐かしく思い出す。

ジョンウエインや、ゲーリイクーパーが登場する目の覚めるようなアメリカ映画の華やかさとは裏腹の『生きる』。主人公、志村喬紛する胃癌を患って余命幾ばくもない初老の男がブランコに身を委ねて『ゴンドラの唄』を歌うシーンは、小さな白黒のスクリーンの中で、見事に生きていた。その雰囲気を木津川さんが、自身の死生観と共に、独特のユーモアを交えながら、語られるのであるから、聴く方が引きつけられないはずはない。

木津川さんと同じ十月生まれで一つ歳上のあねさんである私は、戦後の、貧しいけれど思い切り自由だったこの国の関西で、共に青春時代を過ごしたのかと思う時、彼の口から出る豊富な言葉のあれこれが、折に触れ心の中で煌めくのである。

ＬＩＰ　２０１７／０５

待合室

当然のことながら、人が集まる場所には、必ず待合室がある。一つの目的を目指す多くの人々を混乱させないためには、順序よくそれを整理する必要性があるのは、誰しも納得出来る。それが待合室というものの効能だ。

最近、一つの待合室なる空間と、切っても切れない仲になった。整形外科の待合室。自慢じゃないが、腰と脚に痛みがあり、連日リハビリに通っている。小学校の教室位の空間に並べられた椅子の周りに朝八時半の開門と同時に老男老女がどこからともなく集い、治療の順番を待っている。たまに腕にギブスで固定した子供がママに連れられて来たり、いかにもスポーツで怪我をしたといった、弾ける若さ満々の若者がやって来てそこだけ一陣の爽風が、吹いている。といったそんな風景だ。それを横目で見ながら今に君達もこうなるんだよ。あっという間だよ。人生は。

『少年老い易く学なり難し』などと呟いて、我が老いの僻み根性を慰める。

若い頃に経験した入学や就職の面接待ちの部屋。試験官や周りの競争相手を観察し、これならいける。いや、駄目かも……何を根拠にするのか、そんな忖度が心の中に渦巻く待合室。経験したことはないけれど、近頃の婚活パーティーとやらも当たらずと言えども遠からずのこんな雰囲気か。

それに比べて空港の待合室とも言えるロビーが、如何に活気に満ち溢れていることか。大きなリュックを背負い、左手には、キャリーバッグ。何とそのうえ右手で、ベビーをかかえている若いパパ、ママ。地球を制覇するような勢いで、カウンターや、搭乗口に走り込む。

かつて、そう、腰痛なんて私の辞書にはない頃、ミネソタに住むアメリカ人宅を訪れたり、フランス人の友人にパリを思い切り案内してもらったり。待ち合わせる場所は、人々のエネルギーの宝庫のような外国の空港ロビー。そうだ、自作の小説『トミーの夕陽』が山田洋次監督の映画『学校Ⅲ』になってニューヨークで上映され招待されての帰り、シカゴ経由で伊丹空港へという時だった。シカゴ空港で飛行機の乗り換え待ちをし、うろうろしているうちに出発の時間。「ミセスつるしーま、ミセスつるしーま」の呼び出し声がスピーカーから流れ、急いで搭乗口へ。見知らぬ様々な外国人の群れの中を右に左に荷物と共に走りに走った、そんな冷や汗ものの思い出もある。今じゃあ、とてもそんな芸当は夢の又夢。

『美女（?）老い易くたちまちおばちゃんに、時を経ずしておばあちゃんに』これが女の人生。

若い時にしか経験できない楽しみは、少々無理してもその時にしてしまうこと。もっと閑が出来てから、もっとお金が貯まってからなんて考えていると、体がいうことを利かなくなるのが人間の一生。人間だけに与えられた想像力を駆使して今、出来ることを賢く選択しよう。

これから仲良くなるに違いない『待合室』は、中々面会に現れない息子や孫を首を長くして待つ老人ホームか、はた又どこかの病院のロビーか。

そのあとは、差し詰め天国行きの順番を待つバス停留所の待合室に違いない。ああ！

ＬＩＰ　２０１７／０７

朝食はそれぞれに

「トミーの夕陽」がまた昇る

穏やかな日々は闘いのあとに

　朝六時、階段を降りる足音。それは、五時五十九分でもなく六時一分でもない。彼の寝室の時計と腕に付けた時計の針が、まさしく六時ジャストを指しているのだ。その何分か前に目覚め、着替えをし、六時に階段を降り、キッチンの勝手口から出て玄関の門にある郵便受けを二度、音をさせて新聞を取り、今度は、玄関から入って来る。これが三歳の時に「自閉症」と名付けられ、今年五十六歳になる息子の一日の始まりなのである。

　私は、その足音を合図におもむろにベッドから抜け出す。その前に足を上げたり手を振ったり、背中を曲げたり伸ばしたり。ベッドの上でちょっとした体操をしているので、体は軽い、と言いたいところだが、たまには、おい、おい、もうちょっと寝かせてくれよと駄々をこねたくもなる。人生、そんなに規則正しくはいかないんだよ。その時その時の周りの情勢をフレキシブルに判断して、心ならずも妥協ということもありなんだよ。なんて呟きながらも時計を見る私の心中も満更ではない。いつもの通り六時十分、満足。私はおもむろに階段を降りる。

とんとんとん、林檎一個とブロッコリーを切るリズミカルな包丁の音。もう二十年にもなるだろうか、私達両親と自分のために毎朝欠かさずジュースを作る。その手順は慣れたもの。それに黄な粉とすり胡麻と削り節を加え、更にヨーグルトと牛乳を加えて〝つるてんジュース〟の出来上がり。三人一斉に、大型コップを持ち上げて乾杯！

それが済むと、リビングのお気に入りの椅子に陣取り、おもむろにCDを始動させる。月曜日は、ベートーベンの『運命』。ジャジャジャジャーンと壮大な音が鳴り響くと彼ばかりか私たちまで、何だか身が引き締まり、今日一日の運命や如何にと気を新にするのである。火曜日は、チャイコフスキーの『バイオリン協奏曲』。水曜日は、メンデルスゾーンの『バイオリン協奏曲』。木曜は、地元のアボバクァルテット。金曜日がシューベルトの『未完成交響曲』。土、日は、がらりと変わって坂本九の『上を向いて歩こう』と美空ひばりの『お祭りマンボ』。そのメロデイーを聴きながら父親は、コーヒーを沸かし、私は、パンにバターを塗る。月曜日は、何だか重厚に分厚いパンが、トースターの中で、どっしりと居座り、日曜日は、バターがパンの上でマンボを踊る。

朝食が済むと、ごみ出しと洗濯物を干すのは彼の仕事。時には、雨の中で必死にシャツを竿に掛ける。彼の面目躍如と言ったところだ。一連のモーニングワークが終わると、月、火、金は、市役所の非常勤嘱託として出勤。木曜日は、大阪大学の「ボックス」と称する場所に集まる学生さんたちと共に、青春ならぬ中春を謳歌しているというルーティーンなのだ。こんな平和な日々の獲得には、彼自身の、家族を含めた社会との、苦しい闘いがあったに違いない。それは、どんな人生にもあることだろう。

「人の上に人を作る」という差別思想がある限り。

ＬＩＰ　２０１７／０９

背中

大阪府枚方市の郊外。この地に住まいしてかれこれ四十年。大通りからちょっと入った細い道。通い慣れた生活道は、四季折々の木々の変化と共に、いつでも車もろとも私をすっぽり包み込んでくれる。そんな道を、ゆっくり運転するのはいいものだ。

隣組のおじさんの車とすれ違い、ああ、元気だね。生きてるねと、目で挨拶を送りながら、手を挙げる。

ほらほら、同じ方向に向かって道路の端を歩いているお兄さん。その背中は、早くも後方から近づく私の車を察知して、どうぞ先に行って下さいと少々迷惑気味な表情で合図している。ごめんね、お先にと手を挙げないまでも感謝の気持ち一杯で、ゆっくり横をすり抜ける。彼の目は、車のガラス越しに見る私の頭と背中を捉え、「何だ、やっぱり婆さんか。いい加減にやめろよ、運転は」と言っているように思うのは、私の僻みか。

事ほど左様に背中は、ものを言っているのだ。『目は口ほどにものを言い』以上に、私に言わせれば、『背は口ほどにものを言う』のだ。当人の意識が届かない背中にこそ、その時の人間の感情が正直に出るのかも知れない。

たまたま訪れたビルの廊下で輪になって、真剣な表情の黒いスーツ姿の六人程の若手社員。上司に言いたいことも言えないもどかしさや、我こそはと出番を待つようなそれぞれの背中。そっと横をすり抜けて外の公園へ。木陰で今度は、子供を遊ばせながらの若いママ達。我が子こそと言わんばかりのママの気負った右肩上がりの背中。わっと上がる笑い声とは裏腹に、何か鬱屈を抱えているような長い髪を垂らしたママの背中。纏わり付く三歳位の女の子を抱き上げている。私の心に幼い時におんぶされた母親の背中が蘇る。

時々顔を振り向けて私のご機嫌を覗いながら揺すり上げる母の背中にもたれて安心して目を瞑る私。八十年も昔の母の背中の匂いが懐かしい。旧制中学の数学の教師だった父。いつでも机に向かって、広げたノート一杯に数式や数字を書いていた。邪魔しないでくれよと言っているその背中。そんな時は母も姉も近づかない。

近頃、電車に設けられた優先座席。日頃若ぶっている私も歳には勝てない。まして、両手に荷物。目の前に座ってスマホをすいすいと操作している若者が、ちらりと私の顔を見上げると、席を譲ってくれた。これは譲らなければと私の顔の皺で判断されたのだろうと思い巡らす余裕もなく、その時の私の全身が座りたがっていたのだ。素早く立ってドアの方へ体を向ける若者の背中には、後光が差していた。

一方、もろに背中を楽しめるのは何と言ってもオーケストラの指揮者。親しくして頂いた今は亡きスタニスラフ・スクロバチェフスキーさん。日本で読売交響楽団を指揮される時には必ず招待された。その力強い指揮棒と情熱溢れる、たおやかな背中が、曲のすべてを物語ってくれる。ブラボー！　スキーさん。

今でも、星空に向かって時々拍手する。

LIP　2017／11

それでもどこか嬉しいお正月

元旦の朝、掃き寄せた庭先の枯れ葉の中から、つんと天を目指してすまし顔で咲く一輪の水仙を見付けた。何という小癪な奴。新年の床の間の花瓶にお前さんの清楚な一輪を添えようと、暮の庭掃除の際、散々探したのにその時は見当たらず、心ならずもお金を出して花屋さんに、それこそ花を持たせたのにこの裏切りもの。もしかして同じ咲くなら新年にと思ったのかも知れない。

そう言えば「黒水仙」という映画があったっけ。第二次大戦の敗戦後すぐ、玉石取り混ぜた夥しいアメリカ映画がわんさと入ってきて、中学、高校時代は、近くに出来たアメリカ映画専門の映画館に毎週通ったものだった。「黒水仙」は、確か女優では、デボラカーと、ジーンシモンズが出ていて、尼僧院の中での尼さん達の心の葛藤や、お互いの思いの違いなど、自分を縛りながらの女性の人生が描かれていたと思う。と、ここまでは優等生ぶったコメントで、実際は、アメリカ映画のホームドラマの中にすでに出現していた電気洗濯機や掃除機に驚いたり、ジーンケリーや、フレッド・アステアの魔法のようなタップダンスを観ながらお昼ご飯代わりの焼き芋を食べていたりの、今なら塾へ追い立てられているだろうそんな時間が、懐かしい。

今から考えると十代に得た自由な時間が、どれだけ、後の人生の肥やしになっているかと、一人で頷きながら空を見上げる目の前に、これも又白い花。こちらは、今にも落ちそうになりながら、古い幹から出た小枝に縋り付いている幾つもの侘助。時折やって来る目白のカップルに、逃げる事も出来ないで存分に蜜を与え、やがて散り落ちる。その儚い人生、いや、花生が、何とも健気に思える。思えばこの地球には、何とたくさんの生き物がいることだろう。そのどれもが一生懸命生きている。

あ！　今気が付いた、せっかく咲いた一輪の水仙。それを私宅の床の間に飾ろうとて咲いた早々切り取ろうと企むこの不心得者。だが、待てよ。そんなことを言うなら、私は、どうして生きていくのか。昨日の大晦日の夕食は、息子夫婦や孫夫婦共々、皆ですきやき鍋を囲んだし、お節料理には、海の物や野山の物が一杯。弱肉強食の生き物の世界に共通する唯一つの救いは、どの命も永遠ではないということだろうか。

今年揃って八十四歳になる新年早々、中学時代の懐かしい面々とクラス会をした。男女合わせて八人だったが、当時出来立てほやほやの野球部のキャッチャーでわんぱく坊主。一昨年、自分で創った不動産会社を息子に譲ったという今や爺友が「俺、死ぬ時、どないして、どない言うて死んだろかとこの頃、よう考えるねん」と突き出す赤ら顔。「お前のこっちゃ、グローブに収まる目の前でカーンと誰かにホームラン打たれてあ！　と言うなりぱったりや」と返す誰かの言葉に笑う気持ちがほろ苦い。

ＬＩＰ　２０１８／０１

「トミーの夕陽」がまた昇る

「トミーの夕陽」がまた昇る

昨年の暮、演出の門田裕さん、脚本家の藤田千代美さん、女優の梅田千絵さんが来宅された。お三人とも、関西では古い歴史を誇る劇団「関西芸術座」の重鎮である。その一人、梅田千絵さんは、大阪府高槻市在住で私の息子と同年代の「自閉症」のご子息、洋一さんを持つ梅田和子さんの娘さんである。和子さんとは、どんな人間も疎外することなく「共に生きる」という考え方で一致する私の貴重な友の一人である。ちなみに洋一さんは「手から手へ」という看板を掲げて、文字通り、注文すれば直接手元に届けるという『うめだよういち　ほんのみせ』の社長で、お母さんの和子さんと共に、活躍している。

その千絵さんから来宅される旨の電話があった時の、もしかしてという私の想像通り、私の小説「トミーの夕陽」を舞台に掛けて下さるというお話だった。上演日は、今年の九月七日、八日、九日（金、土、日）の三日間。大阪のＡＢＣホールでとのこと。

それは、二十年前、映画「寅さん」で有名な山田洋次監督が、好評だった学校シリーズの三作目『学校Ⅲ』の中にこの「トミー」と「かあさん」を登場させるべく、監督ご自身を始め「かあさん」役の大竹しのぶさん、「トミー」役の黒田勇樹さん、監督助手の平松恵美子さん、深澤プロデューサーが、揃って来宅された時以来、私にとっての晴れがましい慶事である。その後山田監督が再度来られたり、平松さんと、黒田さんは泊まり込みで、当時早朝から頑張っていた息子の新聞配達にも付き合われた。後には、私も東京の撮影所にお邪魔して総合芸術と言われる映画作りの厳しさと楽しさを実感したものだった。

今度は又、関西芸術座が舞台にのせて下さるというのだ。「トミー役だけがまだ決まっていないので」と梅田さん。さもありなん。ひょっとしてこれは、演技ではないかと普段の息子を見ていて思う事がある程、掴みどころのないキャラの持ち主を演じるというのは大変な事だろうと、素人の私でさえ思ってしまう。その役をどなたが演じられるのか、これも又楽しみだ。映画『学校Ⅲ』が完成した当時、角川文庫から出版された『「学校Ⅲ」山田洋次』という本がある。その解説欄に、原作者の一人として『小説「トミーの夕陽」が映画になるまで』と題した私の一文が掲載されている。その文の最後をここに転載して九月公演の日まで『トミーの夕陽』をひとまず沈ませることにする。

『ちょっぴり残念で、ちょっぴりほっとしたのは、「あなたも出して貰いなさいよ、記念になるから」とおっしゃる寂聴先生のお言葉と、私の好奇心が相まって、プロデューサーにお願いしていた三越屋上での出演場面が、雨の為中止になったことである。そのあと慰めてくれた山本プロデューサーの言葉が私の心情を言い得て妙とでもいおうか。「これもご縁のものです。映画は画面がワイドですから遠景で撮ったとしてもかなり大きく（太く?）写りますから」天の助けとは、このことか』

ＬＩＰ　２０１８／０３

青春・老春の謳歌は、平和なりゃこそ

二年前まで、地元大阪府枚方市にある「言葉座」（ことわざ）という朗読劇団に入っていた。その後「大阪府高齢者大学校」のエッセー教室の講師を引き受ける事になり、惜しまれながらではなく、後ろ髪を引かれる思いで退団した。今年三月、地元でその「言葉座」の公演があるというので、喜んで出かけた。

「枚方ものがたり」と題して枚方市の歴史を語るというものである。懐かしい面々が、次々登場。卓越した朗読力で枚方在住六十年近くにもなる私の、無知を知らしめてくれると同時に、この地の歴史的な奥深さを再認識させられた一日だった。曰く「百済文化の影響」「七夕伝説・天野川に架かる四つの橋」「惟喬親王と鷹の話」「鈴見の松」「藤原高房と淀川の亀」「菅原道真公と刈屋姫」「龍女昇天の話と蓮如上人」「宿場町枚方の隆盛・三十石船」「三十石船唄」。個性豊かな語り手が、それぞれ物語の世界に聴衆を引きずりこんでくれる。豪華な舞台でもなく、きらびやかな衣装をまとうでもなく、声だけで表現する、それだからこそ、かえって昔々の枚方の風景や人物が目の前に再現されていく。それに連れて元団員の八十三歳の婆さんの皺は綻び、好奇心に目を輝かせる十代の少女に戻るのだ。

小学校五年生の時終戦。その後、貧しいけれど平和で自由な日本の社会で学んだ私。文章を書いたり本を読むことが好きで、それを更に声に出して皆の前で読むことが得意だった。それが高じて十八歳の頃、ポプラ座という、関西の小劇団の入団試験を受けたことがある。

六十六年程前のことだが、今でいうオーディションというものだろうか。中之島の中央公会堂の一室、五人程の審査員の前で芥川龍之介の「蜘蛛の糸」の一節を読んだのを覚えている。合格通知があり、二、三度稽古に参加したが、同じ時期、目の前にぶら下がってきた結婚という「蜘蛛の糸」を心ならずもと言いたいところだが、少々強引にプロポーズされたその相手、今や、爺さんになり果てた夫に多少の敬意を払って、そちらの方にハンドルを切ってしまったのだとでも言い換えようか。

しかるに、その後も声を出すことへの執着が捨てきれず視覚障害を持つ方々に新聞や物語を読むため、大阪市内の会館などに通ったものだった。その後しばらくは子育てや家事に専念。と言えば恰好が付くのだが、今度は、最も得意だと自負していた文章を書くために、当時住んでいた香里団地で、PTA仲間が始めた同人雑誌『さらさ』に加わり、同時に「大阪文学学校」

を経て「瀬戸内寂聴文章塾」に入れて戴いたのだった。ちなみに同人雑誌の主催者岩田美津子さんは、毎日新聞富山版にエッセーを書いていらっしゃる私の尊敬する親しい友人である。今、私は「大阪府高齢者大学校」の受講生やその卒業生達に囲まれている。彼等のそれぞれに刻まれた皺の奥の目だけは、誰にも渡せないその人の青春と人生をたっぷり吸い取ってきらきら輝いている。それこそ平和な時代に生きた者だけが知る老春の証だ。

ＬＩＰ　２０１８／０５

至福の時

人生で何が一番嬉しいかというと、即座に言い切ることが出来る。それは、美味しいものを目の前にした時。

外出先で昼食を食べ損ね、やっと用事を終えて、ああ、おなかが空いた、さて何をと思った時の両側に立ち並ぶ食堂街は、まるで天国への階段だ。何でもいいから早く食べたいものなのにかえってそんな時は、慌てて目の前の店に飛びこまずに、空きっ腹を抱えたまま、うろうろ行ったり来たりするのは、空腹で、脳に栄養が足りなくなっていると言うよりも、目の前の楽しみをちょっと延ばして迷う自称高等動物特有のええかっこしいなのか。本心は、餓えたライオン同然なのに。と思いつつも時間がくれば全開する健康な我が胃袋を愛でながら、散々迷った末にくぐった暖簾は、どうってことない蕎麦屋。

いつものように「天ざる」を注文し。やっと周りを見回す余裕が出来る。蕎麦屋というのにうどんもあるのか、白い太目の麺を持ち上げているおじさんがいる。横に置いた黒い鞄の中には、さぞかし大切な書類どもが収まっているのだろうか。あるいは、札束か。その鞄を奪って逃げたらどうなるだろうかなどと、さっきからの空腹もどこへやら、他愛もないことを考えるのも、今に目の前に現れる「天ざる」を確約しているからに違いない。

やがて、絣の着物のおねえさんが、四角い盆に載せた「天ざる」一式を置くとにっこり笑う。この笑顔も私にというよりも私のバッグの中の財布に対してなのだ。とは、いよいよ余裕のなくなってきた私の胃袋の僻みか。

わさびをつゆの中に入れるのもそこそこに、蕎麦を持ち上げ、熱々の茄子にも箸を伸ばす。次はオクラ。このころまでは、餓えたライオンそのもの。お目当ての海老を口に。その尻尾をちょいとお皿の端に置くころにはそろそろ理性がもどってくる。そっと辺りを見回しおもむろに咳払いをすると、高等動物、人間の婆さんに戻る。黒い鞄のおじさんは、いつの間にやら姿を消し、買い物帰りのおばさんが三人、絶え間のない姦しさ。

「たまにお父さん喜ばそ思て買うたけど、なんかちょっと派手やわ」

と紙包みから出した男物のベストを広げる。

「滅多にせんことするからそうなるんやわ。あとで返しておいで」

「この際、お父さんも一緒に返したいわ」

「はははは……」

私は最後の蕎麦を笑顔でつるり。

LIP 2018/07

俎板（まないた）の上の鯉

白い超モダンな建物のドアを開けると、明るいロビーが広がる。まるでホテルだ。受付けの若い女性が、「いらっしゃいませ」とは、まさか言わないが、眼鏡の下に笑顔をのぞかせる。ここは、通い慣れた歯科医院。

診察券を指定のきれいな箱に入れると、ゆったりとした待合室の椅子に腰をかける。横には、子供用の遊び場もあり、至れり尽くせりの待合室である。間もなく中年男性が一人入ってきて置いてある新聞を広げる。私の次の患者さんだろうか。と思う間もなく。

「鶴島さん。どうぞ」

と診察室の中から声がかかる。診察室は超明るい。

「倒しますよ」

の声と同時に、がく、がく。がく。上を向いたままの身体の上半身が下へさがる。最後にもう一発、がく！　首だけがだらりと下へ。目に入るのは、眩いばかりの天井の灯り。いきなりその下がった顔の右横から、何やらきらりと光る刃とも思しき白い光ものが口の中へ。釣り上げられた鯉の心境はかくやと思う間もなく、ガリガリガリ、ヒュー、も一つヒュー。もはや、観念するしかない。

やがて手順通り、工事が進んだのであろうか、

「型をとりますからね、大きく口を開けて、ちょっと我慢して」

と今度は左から、女性の声。うん、も、すん、もない。いきなり片手で私の唇と顎を掴んで、口をかっと開かせ、粘土か、はたまた石膏か、それを塗りこめた人工の顎らしき形のものを口に押し込む。何が「ちょっと我慢」だ。

「ぐっと、噛んで、ぐっと。そのまま離さないで」

まるで、ライオンの親が子に、餌を与えた時のような言い草だ。

そのまま姿を消す。

噛むしか仕様のないこちらの態勢と気持ちを先取りして、相手は言いたい放題、やりたい放題。ま、ここは諦めるか。先日契約した時のことを思い出す。

「あんまり真っ白い歯は嫌ですよ。テレビタレントのように、他は皺々なのに歯だけ青春というのは。歳相応の多少黄みがかって。ほら、いぶし銀って、よく言うでしょ、使いこなした道具のような、そんな趣の歯にして下さい」

と言う私に、それまで顔を覆っていた大きなマスクを取って歯科医が、素顔を見せた。意外にイケメン。

「分かりました。費用が少しかかりますが……」

「あ、あ、そうですか、……なにぶん歳ですから、そんなに長く持たなくても……」急に声が低くなるのが、我ながら情けない。

戦時中、国民学校（小学校）四年生の頃、母に連れられて初めて歯科医院へ行ったことを思い出す。うす暗い照明の中に様々な器具が収まる縦長のガラス扉の用具入れ。その前に立つ歯科医。その医師の顔は思い出せないのに、青い縦縞模様の着物を着ていた母の心配顔だけは、七十三年経った今も懐かしさと共に蘇る。

まだまだ、美味しいもの食べる気充分、その為なら、俎板の上も何のその、歯科医様、どうぞ御存分に。

ＬＩＰ　２０１８／０９

不思議な不思議な体験

日頃から、親しくして頂いていて、大人も子供も楽しめる自由なカフェというか、遊び場を提供して下さっている大阪は枚方市郊外の「りりあん」さんから「シャーマニズム」を語って下さるというシャーマニスト、濱田秀樹さんをお招きして、そのお話を聞かせて頂けるというお誘いを受け、興味津々、大いに期待して夫と共に参加させて頂いた。

タイトルに「不思議な」をダブらせたのは、他でもない。自らを「ロマンチスト」と位置付け、子供の頃から本を読んだり、人の心を裏返して文章を書く事を得意としてきたと自称する私としたことに、八十四歳にしてガツンと一発、頭をどやされる運命が、待っていたからだ。

それは、一見、何でもないように見えた太鼓だった。

どんどん、どんどんどん、何てことのない可愛い音だった。子供が叩けば無邪気な遊び道具だ。それが、叩き手によってこうも変わるのか。

その叩き手、今日の主役、濱田秀樹さん、白髪交じりの長髪をだらりと垂らし「シャーマニズム」について語る面高のイケメン。時々かき上げる髪の間に目が光る。彼の話によると、人間誰しもにそれぞれパワーアニマルというものがいて、何かの時には、その人を助けるというのだ。そもそもシャーマニズムというのは、世界中の殆どすべての先住民族を護ってきた存在で、無心な状態になって霊と交信し、予言や病気の治療を行うというものだそうだ。

アメリカインデアンのシャーマン族が使用するという微妙な太鼓音の連鎖。参加者十名ほどを床の上に横たわらせ、目をつぶらせる。

太鼓の音だけは心地よく響くのだが、天井の電灯が眩しく、中々濱田さんのお説通りにはいかない。などと、生意気に私の頭脳はまだまだ冷静なのだ。

と、急に視界が暗くなり始め、そのうち真っ暗になる。う、何だこれは！　ふと気が付くと真っ暗な祠のような所に閉じ込められている。首から上に何かを被せられたような感じで身動き出来ない。はは一ん、ここでパワーアニマルとやらの登場か。好奇心だけは旺盛な私の脳は、まだまだ冷静だ。娘時代に飼っていた猫の「エミー」でも現れるのかと期待したが、暗闇が、続くだけ。

やがて心地よく響いていた太鼓の音が、尾を引いて消える。しばしのしじま。起き上がりたいのに周囲の静けさに気をかねて我慢している、やっぱり冷静な私。暗闇も単に電気が消えただけかも。

やおら目を覚ました面々が、それぞれ、体験した「不思議」を語る。ある人は、大きな龍が現れたと語り、或る人は蛇に巻かれて心地良かったとか。私には何もない。同じ話を聴き同じように横たわり、同じミュージックを聴いたというのに私には、何もない。さて夫は……と見た途端、

「わー懐かしし！　今まで思い出したこともないポチ、小さい頃飼ってた犬に会った！」とまるで子供のように頬を染めて語る。

ほんまかいな。心の中で呟きながら、皆の頭の中の「不思議」を「不思議」がる自分を認識し、自称「ロマンチスト」を「超リアリスト」に鞍替えし、この文のタイトルをダブル「不思議」にした次第。皆の衆、お分かりかな。

最後に大いなる親しみと感謝を込めて濱田秀樹さんと「りりあん」さんに拍手を。

ＬＩＰ　２０１８／１１

またもや新年

夜明けに浪速を出てから何百里、やっと辿り着いた。ここは天下の都、江戸は銀座のど真ん中。お上りさんの私に東京で一番分かりやすい待ち合わせ場所をと友人がここ、三越百貨店の正門前を選んでくれた。その何百里が今では、何とほんの二時間。

今朝八時半頃家を出て京都から新幹線「のぞみ」で上京。読書するなら一番軽い文庫本。眠気に誘われれば程よいお昼寝の時間。新年早々、日常から解放された主婦の一人旅の何と爽やかで自由な非日常だろう。

車が行き交い人々が、群れ歩く。そんな光景は、浪速も江戸も同じ。けれどどこか違う。それは、「秀吉」と「家康」の持ち味の違いだろうか。と書いてみて、ああ、きっとそうなんだ。我ながらうまい比喩だと感心した。かと言って特に家康さんや、秀吉おっちゃんに心を入れあげているほど歴史に詳しいわけではない。どちらかと言えば、知識や教養より人間誰しもが持っている感覚を先行させる私の思考回路のせいなのか。

「鳴かぬなら殺してしまえほととぎす」織田信長。「鳴かぬなら鳴かせてみせようほととぎす」豊臣秀吉。「鳴かぬなら鳴くまで待とうほととぎす」徳川家康。

成程、日本人ならだれでも知っているこの三人の武将。ものの本や、映画やテレビ、そのおびただしい物語の中に登場するこのお三方の個性の違いが、如実にあらわれている三つの言葉。これも又、うまい比喩である。信長はさて置き、江戸と浪速の昔から培われてきた精神が、今なおどこか底流に流れている東京と大阪。

折も折、世界万博が大阪で開催決定のニュース。テレビで歓喜する為政者と街中のおっちゃんやおばちゃんの姿が、画面一杯に広がる。我々庶民の想像を絶する莫大な費用を要する万博。そんなに諸手を挙げて喜んでいいものだろうか。増える高齢者や、認知症、障害者の問題。恵まれない子供達や、外国人労働者達の生活。そんないくらでもお金の必要な事が目の前にあるだろうにと考える日本人は、私一人だけではあるまい。と思いながら、だからどうするという良案もない。かといって、デモに参加したり街頭で訴える体力もない。何時かあるだろう選挙の権利もたった一票だけ。それならいっそ万博でも開いてわあわあ騒ぎ、なけなしのお金を注ぎこむか、となるのが人間の浅智恵か。

戦後今まで、平和が続いてきた日本。オリンピックは東京で、万博は大阪でと世界にアピールするのもよいけれど、その繁栄からは程遠い貧困や病気で悩む人々を「殺してしまえ」はもとより「鳴くまで待とう」など悠長なことを言わず、何とか環境を整えて国民皆を悦びの声で鳴かせてみせる為政者はいないものか。今年から「年号」が変わるという新年の私の思いである。

ＬＩＰ　２０１９／０１

「トミーの夕陽」がまた昇る

〝ルーティン〟よ永遠に

朝、昼、夜、一日に食事は三度、なんて事、いつどこで誰がきめたのだろう。ああ、今日も又、夕食の支度か。さっきお昼食べたばっかりなのに。

ええっと、冷蔵庫には、牛肉がある。じゃが芋に玉葱、人参もある。では、肉じゃがでもするか。昔、日ロ戦争の時の立役者、東郷平八郎元帥が思い付いたという日本的な一品。すき焼き程大仰でもなく華やかでもないが、砂糖に醤油で味付けした日本人好みの、ちんまりした一品だ。

「おーい、卵、落としてくれよ！」と夫の声。「今夜は肉じゃがでもしようか」と呟いて夕食作りに立ち上がった私の気配を察したのか、注文を付ける。はいはい、あなたの分だけには、卵を入れますよと、言葉には出さないで又かと思いながら、キッチンに立つ私。何にでも卵を落したい妙な奴。白いご飯に卵掛け。熱い味噌汁にも卵を割り入れる。

子供の頃、飼っていた鶏が卵を産むのを、一日千秋の思いで待っていたという気持ちが彼のトラウマになっているのだろうか。そう言えば、去年、米寿の祝いをした料亭の白いご飯の前で、何となく躊躇していた顔を思い出す。ざまあみろ！と思いながらも彼が主役の席で、ちょっぴり、可哀想だなと思わぬでもなかったが。

話は、少々遡る。去年の暮、かって読売日本交響楽団の専任指揮者で、親しくさせていただいていたスクロバチェフスキーの息子さんニックが来日し、夫と共に京都駅で待ち合わせた。京都市内の名だたる神社やお寺は観光客で一杯だろうと、ちょっと離れた宇治市の一〇五二年に藤原頼道が建立したという華やかな宇治平等院を選んで案内した。

真紅の見事な鳳凰堂が池の水面に映えて、名残りの紅葉とともに三々五々歩く人々の足を止めている。小高い所にある有名な鐘楼を見上げていて足元への気が疎かになったのか、私のあとから歩いていた夫が、足を滑らせ、気が付いた時には仰向けに倒れていた。

「アーユウ・オーライ？　アイムドクター」と近くを歩いていた中国人とおぼしき若者が声を掛けてくれる。人々の注目の中、「アイムオッケー。サンキュウ」と左肩を押さえながら立ち上がった夫の左頬が赤い。ああよかった。大事にならなくてと口には出さねど、その時の正直な私の気持ち。やっぱり何事もなく、何気ない日常があるってこと、何よりも幸せな事なのかも知れない。朝、昼、夜、三度の食事、めんどくさくても、誰かが、続けなければならない。それが、生きとし生けるものの宿命なのだ。

私は、煮立ってきた肉じゃがに勢いよく卵を割り入れた。

ＬＩＰ　２０１９／０３

三つから二つへ

庭の梅の木が花開く三月、夫は逝った。

去年の暮、家族で八十八歳の米寿の食事会をして以来、少し食欲が減ったかなと思うほどのことで、見た目は変わらず「まだまだお若いですねえ」と近所の人が言葉を掛けて下さる通り元気に見えていた夫だったが、入院して二週間、あっけなく旅立った。

りっぷ三月号の「もぐらの目」に、「卵かけご飯」好きの彼のことを書いたが、入院してからは、ほとんど食べ物は口に出来ず、飲みたがっていた大好きな熱いコーヒーも飲めず、只々点滴と管による栄養補給だけだった。

それでも最後の瞬間まで意識は確かで、長男夫婦や次男、孫夫婦の励ましの言葉に頬笑みを返していた。娘のいない私に寄り添って最後まで親身に世話をしてくれた長男のお嫁さんには感謝しかない。

地味な家族葬をと思っていたのに、瀬戸内寂聴先生から豪華なお花を戴いたり、聞き及んだ方々が来てくださったりで、お通夜も葬儀も思いも寄らぬ人々の温かな空気一杯に包まれ、七〇歳の頃のちょっと気取った遺影も嬉しそうに頷いているようだった。

そんな日々は、あっと言う間に過ぎ去り、次男と三人で成り立っていた家族が、二人になってしまった。何もかもが三つから二つへ。食事時に並ぶお箸が二対。お菜も二人分。テーブルがやけに広い。椅子も二つで済む。

「お父さん、死んじゃったねえ。寂しいね。次はお母さん」

と言う自閉症の次男の言葉に一瞬ぎょっとしながらも、どこかで気持ちが軽くなる。

「そうよ、お母さんの時も頼むわよ」

と応じる私の前に、コーヒーカップを傾ける夫の顔が浮かぶ。

「お父さんの骨いつお墓へ持っていく?」

何でも順序よくもの事が進まないと気になる次男のそんな言葉に助けられ、いつまでも感傷に浸っているわけにはいかない。

人生、何が哀しいと言ってもお骨拾い程虚しいものはない。すーっと暗い中に吸い込まれて行って出て来た時は、もう見る陰もない。学生時代から得意な漫画を描いたり「サントリーミステリー大賞」に応募して何度か佳作近くまでいった文才も、俊敏で走るのが早かった彼の足も、骨と灰だけになっている。

こんなに変わり果てるなんてこの無常。これが、八十八年、生きとし生きてきた人間の終末の姿なのだ。

「あんたは、全面的にご主人に甘えてる」

とは、二度、夫と二人でお目にかかってお話した時の私への寂聴先生のお言葉。

「生きるということは今日の自分を創っていく、明日の自分を創っていくことではないでしょうか」

「寂聴日めくり」に書かれたこの先生の言葉を胸に刻んで明日からの自分を又、創っていかなければならない。

LIP　2019／05

「トミーの夕陽」がまた昇る

思案のしどころ

連日、車による事故が報じられている。それも幼い子供を巻き込んだ死亡事故が多い。その上、事故車の運転者の多くが七十歳以上というのが、八十四歳でなお、買い物に、軽自動車を運転している私の理性を揺さぶる。

確かにとっさに判断する感覚は少々鈍ってきているかなと、日常の生活の中で思う事がないでもない。しかし、しかしである。緑を求めて街の中から転宅して来て四十年。究極の住処と決め、馴染んできた今の住まいを捨てる決心も、付かない。

便利なマンションに換われという息子の意見を、もっともと思いながらも、先日亡くなった夫の思い出も捨てがたいなどと弁解しながら、タクシーを利用したり、時には、健康の為などと自分に言い聞かせて、老体に鞭打ち、食料品がたっぷり入ったスーパーの袋を持って坂道を登っている。もはや体力の限界である。週に二度ほどある売り手提供の小型バスに、近所のおばちゃん達と共に相乗りし、辛うじて冷蔵庫が空になる悲劇だけは、避けることが、出来ている。

ご多分に漏れず、この地も住民の高齢化がすすみ、やがては、買い物難民が増えて、住宅地全体が、老人ホームのごとき有様になるのでは、などと想像する。

いいじゃないの、いいじゃないの。五百戸近くある家々全部が老人達の楽園。住宅地全体が、巨大な蓮の花々に囲まれ、時折白い雲が、霞のように降りてきてたなびく。そうだ、行ったことはないが、時々映像で見る南米の山上の集落、マチュピチュのように。

優秀な各科の医者と和洋取り混ぜた一流のシェフが常駐するレストラン。それだけは、何とか確保しよう。なぬ！　それよりも必要なのは、葬儀場と焼き場だと。然り。これこそが一番繁盛する商売に違いないのだ。そうそう、共同墓地も。

まあまあ、そこまではいいじゃないの。死んだあとの魂は、天国でも地獄でも、あるいは、幼い時の思い出の地や、生まれ故郷などへも意のままに飛んで行けますよ。

などと、うとうとしながら考えていたのは、腰痛の為に通っている整形外科医院の待合室。

「皆さん。どなたの車でしょうか。今、駐車場にバックで入れようとした人が、『隣の車に当たってしまった』とおっしゃってるのですが」

と入って来た警官が訊く。続いて言う車種とナンバーでマイカーと分かり、慌てて外へ出る。七十代とおぼしきおばちゃんが、申し訳なさそうに頭を下げ、住所と名前を書いたメモを差し出す。見れば、我が車の前のバンパーが外れそうになっている。

こと程さように車に関しては、人身事故でなくても加害者は元より、被害者も何かあれば煩わしい時間を共有しなくてはならない。

やっぱり、免許証返上か。きっぱり決心が付かないのも老人の難儀なところだ。

ＬＩＰ　２０１９／０７

場所

ああ、ここ、いつだったか前に来た事がある。

特に印象深い所でもなく、もちろん名所旧跡でもない。それなのに、ふと通りがかった何でもない風景に妙に懐かしい思いや感慨を覚えることがある。高齢ともなると、一層その感は深い。少しずつこの世とのお別れの気持ちが働くからだろうか。それともこの三月、夫を亡くした故だろうか。

そういえば、このスーパーで買い物車を押しながら、夫と今晩のおかず何がいい？などと、極く他愛ない言葉のやり取りをしたものだ。その相手が今はいない。

昨夜も、瀬戸内寂聴先生から、お電話を戴いた。

「寂しいだろうと思って……」

じわーっと、目頭が熱くなり涙がぽろり。

他の人からも毎日のように慰めの電話を戴く。

「大丈夫よ。ありがとう」

我ながら虚しい空元気の返事。それなのに、この先生にだけは思わず全身で甘えてしまう。

「『今日も暑いわね。何食べたい?』なんて、そんな何気ない事言える相手がいなくなるってほんとに寂しいことよ」

「有難うございます」

と、言いながら、涙声。夫が入院中、度々のお見舞いの電話を戴き、彼の最初の小説「天正の謎」を出版した時も、その帯にお言葉を戴き、今ごろ、天国の蓮の花の下か、はたまた地獄の血の海を泳ぎながら、「よっしゃ!」と叫んでいるのではなかろうか。

その夫が、書き残している二作目の小説が、本人の得意だった漫画絵と共に、本になりそうだ。「LIP」の編集長渡辺さんが、出版の努力をしてくださっているので、遺作として墓前に置く日の来るのが待ち遠しい。生きている間は、うっとおしい。今日はどこかへ出かけてくれないか、などと勝手なことをほざいていた私なのに。

それが祟ったのか、夫は夢にも現れない。

いなくなってそろそろ六か月、死者は二度と帰ってこない。気持ちを立て直し、余生をうんと楽しいものにしてみようか。老いらくの恋、素敵だな。それには相手が要る。

この歳で! 馬鹿にしないでよと虚しい自問自答。やっぱり相手が人間となると面倒だ。恐い奥方や、愛人がいそうだ。そうだ、無難なのは、場所だ。あの公園の樹の下でキスをした。この喫茶店では口喧嘩だ。相手は夫とは限らなかった。

初恋の人や、好きでもない人に言い寄られたあのビルの陰。そんな思い出の場所をめぐって旅をしてみようか。「よっしゃ！」と立ち上がろうとした瞬間、「痛たたた！」腰痛の奴め！一人旅なんて粋がっても、もはやそれも叶わぬことなのか。

〝どんなにつらい時も絶望しないで下さい。たった一度の人生です。「もうだめだ」じゃなくて「自分の運命を試してやろう」と開き直ってみましょう。そう思った瞬間から流れが変わりますよ〟は、「寂聴日めくり」の寂聴先生の今日の言葉である。

ＬＩＰ　２０１９／０９

ごちゃまぜジュース

かたことかたこと、歯切れ良い音がする。う、ううん、何だろう？　ああ、そうか、もう朝なんだ。と思いながら又もや頭は夢の中にゴーバック。

今度は親しい友二人とイタリア料理のテーブルを囲んでいるレストランに。〝イタリアンレストラン〟と銘打ちながら、中身は、ジャパニーズイタリアンというべきか。だがこの空きっ腹。四の五の言ってる余裕はない。胃腸が、口をあんぐりさせて待っている。たまらずフォークで何やら香りの高い青菜と肉を突き刺し口元へ。

途端に今度は、はっきり目が覚めた。覚めた目が恨めし気に空に上げた右手を追っている。フォークなど持っているはずがない。

え！　夢！

力なく下ろす右手を見ながらがっかりする私の耳に、かたことかたこと手慣れた包丁の音。

今度は現実。息子が、「ごちゃまぜジュース」の製作中だ。「ミックスジュース」とスマートにまとめたいが、中身は、正にごちゃまぜ。

ベースは「りんご」。これはまあ、良しとしよう。プラス「ブロッコリー」まあ、これもいいだろう。加えて昆布にわかめ、かつおの粉末。黒ゴマに黄な粉、かてて加えてヨーグルトに牛乳。あ！　そうだ。昨日近所の「ボーイフレンド」と言いたいところだが、野菜作りが趣味という近所の爺さんフレンドからプレゼントされたみずみずしい大根葉。すべてほうり込んで大満足。我が家に来てから四十年近くなるこれも又老いぼれミキサーが、「よっこらしょ」と腰を上げ、おもむろに動き出す。

がんばれ、もう一息！　思わず声を掛けたくなる。我が家の「ごちゃまぜジュース」製造のエキスパート。

考えれば、いや、考えなくても何もかもが、年を重ねて古くなっていく。古くなる程値打ちの出るお宝骨董品なんて、時々テレビで見て感心するのみ。一番身近で古びていた亭主も程よいところで、消えてしまった。なんて思いながら一人鏡を見る。

やがてこの、昔お転婆娘、今出しゃばり婆さんの私もこの世からおさらばだ。そう思ってみると「ごちゃまぜジュース」そのものが、私の人生だ。と納得。

「清く正しく」なんて、優等生の人生訓なんてくそくらえ！　一度死ねば、もうこの世には戻ってこれない。余生、何年あるかわからないが、うんと楽しんでみようじゃないか。

「さあ！　今日も元気で行こう。えいえいおう！」と気合を入れて勢いよく立ち上がった途端、

「痛たたた！　腰痛め。まあ、致し方ないか。長年この体を支えてくれたんだ。頼むよこれからも、仲良くいこうぜ」

大きく伸びをしながら、さて今夜は、なけなしの財布の中身をはたいてもイタリアンレストランへ行こう。

固く決心する私であった。

ＬＩＰ　２０１９／１１

やっぱりいいなあ、日本の風景

大阪生まれで阪神間はど真ん中の西宮育ち。現在は大阪枚方住まいの私にとって、こんな近くに日本の原風景とも思える田園地帯があったとは。驚きであった。時は深秋、所は三重県伊賀上野。日頃は、働き盛りで「忙しい」が口癖の長男夫婦の車に次男と私が同乗しての日帰り旅である。

そもそも、このドライブのきっかけは、昨年三月、八十八歳で亡くなった夫が、生前親しくしていた、超物知りの一人、爺さんというには、少々憚られる七十代の友人の案内で、月に一度、彼の車で同行させて頂いていた、ひなびた「やぶっちゃ温泉」へ、一度は行ってみたいと思っていたからだった。家では、一日置きの入浴さえ面倒くさがっていた夫が、この時ばかりは、手ぬぐい片手にいそいそと出掛けたものだった。ひょっとして、浴室の番台に、美人のおかみさんでも座っているのかと勘ぐるのも、

「行ってらっしゃい」

と送り出す私の密かな楽しい想像でもあった。

その日は、息子の都合もあって入浴は出来なかったが、夫がいつも昼食を取っていたというレストラン「ふるさと」に入った。レストランと気やすく言うが、あっちにもこっちにもあるようなそんな安っぽいものではない。山合いの田舎道に迷い込んでふと見つけたというような日本の田舎の風景そのままの古い一軒家。日本人なら誰でもが、郷愁を覚えるだろう記憶の中の懐かしい佇まい。暖簾を分けて入ると、

「いらっしゃいませ」

と素朴なエプロン姿のおかみさんの笑顔と、その息子さんの若々しい声に迎えられる。

「さあ、さあどうぞ」

身内の者でも迎えるような親しい声に伴われ、古い木造りの頑丈な天井やいくつか並んだ机や椅子に手を触れながら、子どものように心が弾む。

「ここにいつもご主人がお座りでしたよ」

すでに夫の訃報が届いていたのか、しんみりとおかみさんが声をかけてくれる。いつもは賑やかな三人も神妙な顔。私がそっと椅子の背中を撫でると、「さ、何がいい、名にし負う伊賀牛だ」という夫の声まで聞こえてきそうだ。

まるでその声を聞いたように、

「ステーキ！」と三人の声。私も、と言おうとした途端、

「よかった、ちょうど三人前ありますよ」

と、おかみさん。ステーキを横目で見ながらひとり甘辛煮のお肉を頬張る私。

食後、近くに伊賀上野城と芭蕉の生誕地を記念して建てたという「芭蕉翁記念館」があるのを聞き、足を延ばすことにした。

「月日は百代の過客にして、行きかふ年も又旅人也　芭蕉」に感激。

「芭蕉翁　あなたと囲む　伊賀のすき焼き　鶴女」なんてね。お粗末でした。

LIP 2020／01

「トミーの夕陽」がまた昇る

永遠の我が師　瀬戸内寂聴

「もぐらの目」三月号に何を書こうかと考えていた時、そうだ、去年夫が亡くなったあと、何度もお電話を戴き、慰めのお言葉を戴いた寂聴先生のことをおいて何があるかと思い、おこがましくも「永遠の我が師瀬戸内寂聴」と題してこの文のテーマとすることにした。

そうだ、そう言えば二〇〇五年「私の中の瀬戸内寂聴」と題した私著を「トミーの夕陽」に続いて柘植書房新社から出版して戴くその時、上浦英俊社長から、「題名を～私の瀬戸内寂聴～としたらどうですか」と勧められたことを今でも鮮明に記憶している。

が、考えた末、

「いえ、やっぱり～私の中の～と～中～を入れて下さい」

と変えなかった。多分、～私の～と限定してしまう一人よがりのおこがましさが作用した私の遠慮だったのだ。

今なら「私の瀬戸内寂聴」と堂々と言えるかもしれない。というのは、先日携帯電話で先生

とずいぶん長くお話した時に、

「二十年余りも前の「寂聴文章塾」時代の塾生だった頃から貴女は、優等生だった」

などと、何度もおっしゃって戴き、恐縮と嬉しさのあまり、右手に持った携帯を左手に持ち替え、今や八十五歳になった皺だらけの自分の頬っぺたを思わず叩いたからである。

そう言えば寂聴先生は、大正生まれの九十七歳、私とひと回り違いの同じ戊年生まれ。揃ってキャンキャン吠えるところが、似てますね。などと笑い合ったことがあったっけ。

毎月、一日に催される寂庵の写経に参加すると、書き終わったらいらっしゃいと招いてくださり、いつも広いダイニングキッチンで、美味しいコーヒーとお菓子を戴きながらお喋りをさせて戴いている。何故かその時の私のささやかな手土産は「豚まん」なのである。

仏様の前で写経するのに豚まんはないだろうと思うのだが、皆と一緒に写経をされ、お話をされるお肉大好きの先生の小腹おさめに程良いのではないかと勝手に決めて、熟々の豚まんを持参する。

今、改めて私著「私の中の瀬戸内寂聴」を読み返してみると、私は、先生が塾を閉じられたあと、塾生四人と共に当時大阪市立大学教授だった堀智晴先生、精神科医師故小澤勲先生、小学館編集者佐山辰夫氏、後には、関西大学学長の河田悌一先生にも加わって戴き『寂聴作品を読む会』を主宰している。当時、「瀬戸内寂聴全集」(新潮社)が刊行され、それについて私は、こうも書いている。

――ずらりと並んだ真っ赤な地に金色の背文字。二十巻あるこの作品群を積ん読のまま、この身が朽ちるなんてことは決してあってはならない。それには一人で読むよりも仲間で読む方が続くだろう。そうだ一カ月に一度、寂庵に集まり寂聴作品を読むというのはどうだろう。何はともあれ著者に許しを得ずばなるまい。私は恐る恐る先生に電話をかけた。「うんいいよ。会の名前は『寂聴作品を読む会』にしたらどう？　それから読んだ後、それぞれ原稿用紙三枚までの感想文を書いたらどうかしら。佐多さん（佐多稲子）にもそんな会あるのよ、連絡取ってみたら」と連絡先も教えて戴いた――

とのお言葉を戴いたことも書いている。

ちなみに毎年愛用している「寂聴日めくり暦」の今日、二月五日の言葉に

「私は同じ状態にい続けることが嫌いです。知らない場所に行ったり、新しいことをするのがちっとも怖くないのです。いくつになっても変化があるほうが、毎日楽しいですよ」

とある。

私が今、大阪府高齢者大学校の「文芸を楽しく学ぶ科」他三クラスの講師を務め、ささやかなエッセーや掌編小説が書けるのも「永遠の我が師瀬戸内寂聴」あってこそなのである。

ＬＩＰ　２０２０／０３

さようならコロナちゃん

あなたは一体どこからやってきたの、コロナちゃん。

木枯らしが去ったあとの寒々とした庭の梅の木に鮮やかな濃いピンク色の花が咲き、やがて頬を撫でる春風と共に、野山が満開の桜色に覆われるこの日本の国の素晴らしさを聞き及び、今度はここだとばかり、姿を隠してやって来たのね。

あなたは、一体いつもどこで生きているの。多分宇宙のどこかで、満天の星を眺めながら、さて今年は、どこの星に着地しようかなと一族郎党引き連れて狙っているのでしょう。

宇宙の中には、たくさんの星があるというのに、よりによって、私たち人間が、支配するこの地球にやって来るなんて。あなたにとって、この地球の何がそんなに魅力的に映ったのかしら。

あなたと違って、私たち人間は、誰にも見える同じ形をしているのよ。だけど形が同じだからと言って油断は禁物。その一人一人の中には、心という厄介なものを抱えているのだから。

そんな人間の最初の種が、気の遠くなるような長い時を経て現在の人間に成長し、時には憎しみあったり、時には愛しあったりしながら、子孫を残してきたのね。ここに到着するまでに、私たちは、どれだけ人間以外の動物や植物を犠牲にしてきたことでしょう。

妙に知恵だけが発達して、同じ地球に住む素手で戦えば負けるのが一目瞭然の大きな象や、虎や、蛇を手なずけ、囲いの中に閉じ込め、食べ物を餌に巧みに支配し、おまけに多くの人に、お金をとって観せるなんて、思えば恥ずかしいことを平気でやってきたなんて。

それでも拭えない少々の良心の呵責を、目に見えない神や仏を念ずることで少しは癒してきたつもりの私たち人間。そんな傲慢で、悪賢い人間をやっつけようと地球に目を付けたコロナちゃん。わかりました。了解です。だからあなたも早く退散してね。

そうだ、これからも私たち人間は、原子力だの水爆などと、途方もないものを発達させることで、自らを死地に誘っていることに気付くべきだわ。

そんな時、一番に犠牲になるのは、老人や子供。社会的に弱い人たち。利口なあなたと違ってね。もう充分でしょう。別れの時は来たわ。どこででも生きていけるコロナちゃん、これ以上私たち人間を困らせないで。宇宙には無数の星があるんだから、どうぞそちらへ移住して！

この文章が皆さんの目に留まる五月には、もう地球にはいないこと、約束してね、さようならコロナちゃん。

最後に三月二十一日付け朝日新聞夕刊掲載のコロナ最初の発生地武漢に住む中国の作家・方

方さんの文章を紹介します。

——一つの国が文明国であるかどうかの尺度は、高層ビルや車の多さや強大な武器や軍隊や科学技術の発達や、卓越した芸術の派手な会議や絢爛な花火や世界各地で豪遊する旅行客の数ではない。唯一の尺度は、弱者にどう接するか、その態度だ——

ＬＩＰ　２０２０／０５

Ⅱ　掌編小説

雨

曲目は、全てモーツアルトだった。

「フィガロの結婚・序曲」までは覚えている。

美奈が、心地よい眠りから醒めたのは、交響曲「ジュピター」が終わり、アンコールの拍手が劇場のドームに響き渡っている時だった。

「いい夢見ましたか？」

隣の席の男が声をかけてきた。繕うひまもない。

美奈は、度胸を据えると、口に手をあてて、小さな欠伸をしてみせて言った。

「なんて素敵な睡眠薬だったんでしょう」

笑ってくれると思ったのに、男は、銀色のタキシードの襟を気障に押さえると、美奈の耳元で、と囁いた。

「クラシック、お好きだと聞いておりましたが」

はっとした美奈の意識が、ようやく繋がった。昼間、青山通りのブティック、トレビアンの前あたりで、洒落た学生風の女の子からすれ違いざま掏った小物入れ。その中にあったベルリンオーケストラの演奏会のチケット。

「行っておいでよ」「美奈なら昔お嬢様だからぴったりだよ」新宿の溜まり場、喫茶店エルで、葉子や碧が言った。金銭だけが目的の仲間はまずいない。継母へのあてつけ、教育ママへの反発、退屈しのぎ、スリルを楽しむ。その動機は様々だ。

二年前、高校一年生の時、交通事故で父母、兄の三人を一度に亡くした美奈は、叔母の家に身を寄せた。何をする気力もなく登校するふりをしてぼんやり街を歩いていた美奈は、碧に声をかけられた。相手によって違う身の上話をして同情を引くという碧の、その時の話しは、両親がそれぞれ相手をつくって離婚し、今は、病気がちの祖母と二人で暮らしているというものだった。一つ歳下の碧のいじらしさが気になって、いつの間にか仲間に入っていた。必要以上に優しい叔母が嫌いだった。叱られている従妹が羨ましかった。

アンコールにこたえて、ポストホルン・セレナーデが流れていた。つられてハミングしそうになった。大学生だった兄がいつも聴いていたモーツアルト。オーケストラの人々が、黒い線になってにじんだ。

真っ赤なＢＭＷが、道路に吸い付くようにスピードを上げた。

「こんな見合いも満更じゃないな。親父とお袋とモーツアルトに乾杯！だ」

男は美奈の顔を横目で見ると満足そうな声を出した。行く先は、誰もいない箱根の別荘とか。明日の朝までは、ともかく、じゃじゃ馬お嬢様を可愛く演じてみよう。助手席で、美奈は決めていた。

大粒の雨がフロントガラスを叩き始めた。

朝の鏡

「やめた方がいいんじゃないか」

新聞を手に取り、さりげなさを装って夫が言う。

鮭の切り身を網に載せ、火を付けて私は一瞬考える。ああ、きっとあのことだなと思ったとたん夫は、バリバリと不必要なほどの音を立てて新聞を広げ、

「アレックスに日本語を教えることさ」

「どうして！あの時あなたも聞いてたでしょ」

いつものことだと思いながらも、腹立たしさが声にこもった。

鍋に水を入れ、味噌汁を仕掛ける。女の子のジョディの時は何も言わなかったのに、アレックスに代わったとたんの不機嫌さである。

二年ほど前に取得した外国人に日本語を教える資格を少しでも生かせたらと思っていた矢先、近くの書店で日本語の絵本を手にとっているジョディに声をかけたのが始まりで、週に一度、自宅に招いてのレッスンだった。

そのジョディが帰国することになり、男の友人アレックスを紹介されて続けようとすると、この始末である。

一昨日の夜、二人揃って来宅し、すでに決めたことである。夫も傍で聞いていたことだった。

大根と薄揚げを切り、鍋に手早く入れる。

「ウイークデイなんだろう、レッスン日は。近所の手前もあるし」

「ええ！」

予想もしない夫の言葉に身が震えた。新聞の上からわずかに出ている、はげ上がった頭を、手に持ったしゃもじで思い切り引っぱたいてやりたい衝動をこらえて私は、鍋の中をバシャバシャかきまぜた。

食卓の上に乱暴に茶碗や皿を並べた私は、向かい合わせに座る気もせず、やたら、流し台と食卓を往復した。新聞を置いた夫の顔には、朝日がさし始めてその表情は定かでない。

「もう決めたことですから今更やめられません」

この際は、高飛車を通すしかない。

やがてスーツに着替え、二階から降りてきた夫は、間の悪い時の癖で軽い咳払いをしながら玄関に立った。息子より年下ですよ、アレックスは。と言おうとしたが、それも面倒になって、私は長い靴ベラをかがんだ夫の前に突き出した。夫は乱暴にドアを閉めて出て行った。

子供たちが独立してしまった家の中はやけに広い。

玄関の脇に取り付けた鏡の前に顔を近かずける。

キラリと一筋光った白髪を、ピーと引っ張って、私は、ペロリと舌を出してみた。

夕べまで

やあ！　やあ！　来た来た！

孫が来た。ミルクとおしめを持ってやってきた。

共働きの息子夫婦のために、週に一度のご来駕だ。

あとの一日は、嫁の実家が引き受けて、残りの三日間は、近くの保育園に預けるそうだ。

近頃の赤ん坊はまことに忙しい。

俺によく似た広い額と、やがては何人かの女を泣かせるに違いない薄い唇を無防備に開けて六畳の和室を一人占め。大の字だ。と思ったとたん、
ふぎゃー　ふぎゃー　ふぎゃー
「ちょっと、ちょっとおじいちゃんだっこ、だっこ早く！」

キッチンからけたたましい妻の声。

おじいちゃん！なんてよくも言えるものだ。女の変わり身の早さ。臆面もなくすらーっと亭主のことをおじいちゃんなんて。

いくら目の前に、皺の増えた顔を突き出されたって、白髪まじりの頭を振られたって、正真正銘、誰が見てもおばあちゃんはお前さんのことだって思っても、おばあちゃんとは中々呼べないものなの

に、男は。

女には、根本的にデリカシーが欠けている。

逡巡や躊躇という言葉は、女には無縁なのか。

「さあ、さあ、ミルクでちゅよ……違うの！　違うったら。頭をこっちにして渡してくれないと飲ませられないでしょ」

ほんのひとくくりの会話でさえ、女は、素早く使い分ける。

相手によって声も変えるし表情も如菩薩と如夜叉の差がある。

俺は、慌ててミルク瓶を持った妻の右手を避けて、妻の左腕に頭がくるように小さな体を回す。

あの娘もそうだろうか。

時々行く近くの喫茶店エル。いつも俺の注文を聞く時には、円い目をちょっと細めて笑う。

くるりとお尻を向けたとたん、わずかに揺れる白いエプロンのフリルが可愛い。

永年勤め上げた会社を定年で辞めて半年。もう少し自分の時間が持てるかと思っていたのもつかの間、毎日妻の声に振り回されている自分が歯がゆい。

今に見ておれ！　これからは、自分の本当の人生を取り戻してみせるぞ。

「やっと寝ましたよ。今のうちに、ちょっと買い物に行ってきますからね。あとお願い」

嫌も応もない妻の声。

「済みませーん。泣きませんでした？」

夕方、玄関の戸が開くと同時に嫁の声。一日預けておいて泣きませんでした？はないだろう。老いも若きも女は度し難い。やれやれ。

気まぐれメニュー

バスから降りたのは、一人だった。

歩きながら空を見上げると、細い月が出ていた。

まるでレモンの皮をそいだようなと思ったとたん、口の中に酸っぱい液がじわり。

そうだ、夕食は豚肉のしゃぶしゃぶだ。

ほどよく色の変わった肉をさっとお箸でつまみ、ポン酢が付くか付かないかでさっと口の中へ。次に白菜、豆腐。

「アッジイポン！」

昼間見たテレビのコマーシャルが、目の前に。

テレビの画面が急に変わり、母豚のピンクのおっぱいに六匹の小さな子豚が重なるように吸い付いている。

ええ、どうしてこんな時に！

頭の中の画面は、子豚の可愛い頭と足。執拗に画面は変わらない。

やっめた！　とりあえず豚肉はキャンセル。

では、すき焼き？

九条ねぎとしらたきが、卵の黄身にからまってするりと喉へ……

思わず唾を呑み込む。その瞬間、今度は、大きな冷蔵庫が一台、頭の中の画面に登場。おもむろに扉が開く。大きな乳牛がのっそりと画面に大写し。白地に黒いアフリカ大陸とカナダの地図のような模様が目の前に迫る。

駄目だ！　すき焼きもしっくりこない。

頭を切り替え、スパゲテイにでも……そうだ、昨日買った蛤がある。いいぞ、いいぞ。トッピングは蛤だ。麺は、何と言っても茹で加減が大事だぞ。

大体、何かにつけ、いい加減人間を自負しているので、包装紙に書いてある茹で方なんて読んだことがない。とりあえず、自己流に湯を鍋に一杯沸かすという寸法だ。

あ！　待った。

確かオリーブオイルが切れていた。流し台の下の物入れを思い浮かべる。醬油に油、酢に料理酒、味醂にサラダオイル。いつもその横に並んでいる小じゃれたイタリー製のオリーブオイルの小瓶。一昨日、使い切って捨てたのを思い出した。

スパゲテイは、せめて匂いだけでもオリーブだろう。

明日忘れずにスーパーで買うこと。

あああ、それにしても、おなかがすいた。

暗くなりかけた空に星が光り出している。目を落とすと目の前にコンビニのドアが。ふらりと中へ。

奥の棚に、弁当がずらりと並んでいる。ずいーと進む。

うーん、たまらない。ま、いいか。

鶏のから揚げと鯖の煮付けを併せた弁当を三つ買った。

見上げると、いつの間にか空は薄雲に覆われて、月も星も消えていた。

胃カメラ

「まだ一度も胃の方は、検査していませんね」

黒縁眼鏡の奥の丸い目は、パソコンの画面を見つめたままで、右手はせわしなくマウスを動かしている。近くの医院の川上先生だ。

「そうかもしれません。何か?」

「一度、カメラ呑んでみますか。五十というと、体が、何となく変わる時期です。病院紹介しますから」

そうなんだ、いよいよ人生後半に突入か。

「痛くも何ともないよ。私、胃、弱いからふた月に一度は呑んでる」

と言って笑っていた友人の、加奈子の言葉が頭をよぎる。

その加奈子は、去年、胃がんで亡くなった。

「大丈夫ですよ。ここのところ、ここ」

と自分の喉を指さしながら
「ここを通る時だけが、ちょっと痛いかもしれません」

と、若手の男性医師は、ひとこと言うと、ベッドに恐ごわ横になった私の方には目もくれず、パソコンの画面を見つめたまま女性看護士と何やら頷き合っている。

「はあい、始めます」

医師の声が狭い部屋に響いて女性看護士が手にした、何やら小さな器物が、長いひもに絡まって目の前に落ちてきた。

慌てて目を瞑る。すでに俎上の鯉の心境だ。

異物が喉元を通る。

今、凄い地震がきたらどうしょう。二人は、何もかもほっぽり出して逃げるだろう。

いやいやパソコンだけは持っていくに違いない。私は……私は……

その時、温かいものが、横を向いている私の背中に触れて上下に動く。

「もう少し、我慢してくださいね」

耳元に優しい女性の声が聞こえて、背中を撫でてくれている。ほっとした心地良さに身を任せた。幼い頃にかえったようで、目を瞑って、私は母親の面影をさぐる。

「きれいでした。ちょっと胃酸過多気味かな、くらいで」

マウスを持つ手を動かしながら、ちらっと医師は、私の顔を見る。

横で片ずけをしている少女のような看護婦さんに目をあてて私は思わず言った。

「あなたの手、温かだった。母の手みたいだった。有難う」

病院を出た私を、澄んだ秋風が迎えてくれた。

おじいさんと本

塾なんて、嫌だと思った。学校で、五時間も六時間も勉強させられて、その上また。

友達がみんな行っているからって。来年はもう中学生だからって。それがどうだって言うの。子供だって一人でいる時間も楽しいのだと、たまには、思うのだから。

葉子は、塾用のかばんをぶら下げて、いつものように家の裏から二本、道路を隔てた古い家と家の間の細い道に入った。

今日は、おじいさんいるかな。

少し斜めに傾いた日差しが陰を作っているが、それでも昼間たっぷり貯めおいた春の陽の暖かさが、狭い空間にあふれていて気持ちがいい。

葉子は、ちょうど真ん中辺りまで来て歩調を緩めた。

右側の家の塀に窪みがあって、空間を作っている。そのあたりから茶色の毛布の端が道路にはみ出ているのが目に入って葉子は、忍び足になった。

いる、いる。おじいさんはいつものように、毛布を敷いて座り、前に小さな台を置き、その上に本を広げて読んでいる。眼鏡をかけ、更に、右手には虫眼鏡を持って、時々それをかざしながら、ページを繰っていく。傍には懐中電灯が横向けにおかれて、照らされた本だけが、明るく浮き上がっていた。

葉子は、いつものように、しばらくじっと立ってその様子を見ていた。そのことをとっくのむかしに知っているに違いないのに、おじいさんは、熱心に本を読み続けている。

左横に置いた黒ずんだ茶色の大きなリュックサックの口から、セーターの古びた緑色が、夕陽に輝いた。あっ！　エメラルドだ。葉子には、一瞬、セーターの緑色が、雑誌で見て覚えたばかりの鮮やかな宝石のように思えたのだ。

陽が、ぐっと傾いた。暗くなった路地で、おじいさんは、時々、背を後ろの塀にもたせかけるが、その間も本からは目を逸らさない。

葉子は気が付いた。おじいさんがいつも右横に置いている小さな本が、今日は、一冊もないことに。黙ったまま歩き出した葉子は、そうだ、おじいさんは、きっと今読んでいる次に、もう読む本がないのだと思った。何とかしてあげなくちゃあ。

葉子は、父の書斎の本棚から古い小さな本を選んで取り出した。おじいさんが読んでいたのと同じような本だ。翌朝、葉子は、学校へ行く前に路地の窪みにそれを置いて庭から採ってきたばかりの八つ手の葉っぱを被せておいた。

それから、三日経った。友達との約束や、母から無理やり連れて行かれる塾通いで、葉子はいつもの路地には行けなかった。

四日目、だれもいない窪みの隅に、葉子の置いた本が、表紙の上に桜の小枝を載せて待っていた。

「ありがとう。これは、『志賀直哉（しがなおや）』のたんぺんしょうせつしゅうです。いい本ですから、もう少し大きくなったらあなたもよんでください」と書いた紙が、はさんであった。

それ以来、おじいさんの姿を見ることはない。

ふたり

廃校になった市立小学校の建物が、今は、ＮＰＯ法人の拠点となっている、その施設でふたりを見かけたのは、去年のいつだったか。

ふたりは、手持ちぶさたの様子で、青々と茂った大木の下に立っていた。たまたま、人と待ち合わせるために所在無く立っていた私の目は、自然にふたりに向く。

ふたりは、一見、意志が通じ合っている仲良しのように見えたが、しばらく見ていると掛け違ったボタンのように、どこかしっくりとかみ合っていない様子だった。

女の方が、運動場へ走っていく小学生のかたまりを見て、さも可笑しそうに声を立てて笑っている横で、男が、晴れた空を見上げて、これもまた、満面笑みである。

そのふたりを見ている私も、待たされている不機嫌さが何故かほぐれて、気が付くと笑顔になっている。

やがて、彼らと同じ年かっこうの中年の男性が、彼らの側にくると、

「ああ、ごめん、ごめん。待たせた。今日は、草引きだぞ。まだ暑いけどがんばっていこう。さあ、仕事だ、仕事だ」

と言いながら持ってきたスコップは、女の方に。ビニール袋は男の手に渡す。

三人は、歩き出した。

「おはよう」

あとからきた男性が、声をかけている。

「おはようございます」

男が、早口で答え、女も前を向いたまま「おはようございます」と大声で言っている。どこか、奇妙な三人組が、小さな林の、あたり一面に生えた雑草の中へ入ると、女は、たちまち雑草の中に身を埋め、スコップで草を根こそぎ引っこ抜く。それを男が、何かつぶやきながらすばやく手に持ったビニール袋を広げ、詰めていく。

そのふたりの、意気の合った作業振り。それをもう一人の男性が、時々、声をかけながら、励ましている。

私は、まだ来ない友人のことも忘れて、三人の意気のあった仕事振りに感心していた。大して広くも無い我が家の庭の雑草引きに、この三人組を何とか手に入れられないかと、本気で考えたものだった。

ふたりは「自閉症」と言われ、市の非常勤嘱託として、二十年以上もコンビで働いているとのこと。もう一人の男性も同じ身分で、ごく自然にふたりと接しながら、時には、親か、教師のように、ふたりを激励し、どんな時にもふたりの味方になる頼もしい存在とのこと。ここまでなるには、ふたりの親や仲間たちの、何年もの月日を費やし、身を徹した市当局との話し合いの結果だと、私は、そのあとで聞いた。

　こんな面白いトリオが、市の清掃に加担して今では、皆から感謝されているのだと、私は、その日、ずいぶん待たされた友人に得意げに話したものだった。

雪とたこやき

　たっぷり積もった雪と、静まった空気の、北海道は、北見市から一気に富士山を越え、ざわめく人々と、大都会とは言え、東京とは何となく違う賑々しく雑多な街という印象の大阪にやってきたのは、去年の春だった。

　初めて家族から離れ、大学生活を送るという私に、どうして東京でなくて、大阪なのかと、両親も兄もしつこく聞いた。何故だろう、私にもこれといった答えはない。ただただ、テレビのお笑い番組で見るタレントたちの間に飛び交う調子のいい言葉のやりとり。いわゆる標準語にはない、ずばり本音の言葉。かと思うと京都風に、妙に持って廻った意地悪丁寧言葉。これらがごちゃ混ぜになって、何となく成り立っている、合切袋のような都会、大阪。そんな単純とも言える印象が、東京より西には、親類も友人もいないという私の好奇心を刺激したのかもしれない。

幸い、国立大学の文学部に入学出来た私は、取り立てて頑張る将来の目的もないまま、大阪郊外の、大学に近い下宿家に、居を定めた。

「へーえ、北海道から。何で又、大阪まで、女の子が一人で。何でやのん」

コンビニで顔見知りになったおばちゃんが、ポケットから、飴ちゃんでも出さん勢いで、根掘り葉掘り聞いてくる。ああ、これが大阪か、少々面倒だが、ついついこちらも

一人暮らしの気楽さと、家族から離れたセンチメンタル気分も手伝って乗っていくと、時には、晩御飯の心配までしてくれる。そんな環境に少しは慣れたかなと思う頃、何気なく通った大学のキャンパスの一角に、古くもなく、新しくもない、ほどほどの面積を持った建物を見つけた。二、三人の学生たちが、入って行くのを見かけて、私は興味を持った。見ていると学部や、授業とは関係なく、放課後の小学生が、びっくりするほど解放された様子で、遊びの輪に入っていくのとよく似ている。私もつられて入ってみた。

そこには、六帖ほどの畳の部屋があって、七人の学生が、輪になってトランプをしている。どうやら、ばば抜きと言われるゲームの最中だ。何だ、こんな事をしているのか、どうしよう、引き返そうかと一瞬迷っていると、

「入れよ、新人大歓迎だ」

男子学生の明るい声が私の足を止めた。とたんに、わあ！きゃ！と歓声が上がる。誰かが、ばばを抜いたらしい。

「拓さん、ばっかだな、どれが、ばばか、人の顔、よう見とれよ」

その時、気が付いた。一人だけ学生ではなさそうな、中年のおじさんが混じっている。妙に生真面目な顔をして、

「ばばが付いた、ばばが付いた」

と大声で言いながら皆に手の内を全部見せている。部屋中大爆笑。

その日から私は、暇があるとここに来る。おじさんを囲んでの自由な遊びの感覚が、たまらなく私の感性をくすぐるからだ。時には、外で、バレーボール。時には、たこやき大会。一人の変わったおじさんを囲む自由なこの空間は、私の学生生活の中できっと忘れられない確かなものを与えてくれるのかも知れないと、私はその時予感していた。

うらぎりもの

母が、二年間寝込んだあと亡くなった。

その三回忌を済ませたのが、八月の始め。

今日は、九月一日。

父が、仕事の為ロスアンジェルスの支店に向けて出発する日だ。母の病気のことは、会社の上司も理解してくれ、今まで出張を保留して貰っていたとのこと。

「優里、留守中の家事は、英子おばさんによく頼んであるから心配なく。困った事があったら何でもおばさんに相談して、受験勉強しっかりがんばりなさい」と父は、言った。

近くに住む英子伯母は、父の妹で、二人の従妹も今は、親の手を離れて気楽な身分なので、何かというと父は、この伯母を頼っている。

一人っ子というのは、寂しいことだけど、その分、高校三年の今まで、父母とは濃密な時間が持てたのかもしれない。

半年間ロスに滞在という父の出立の日、ぎりぎりまで友達とおしゃべりをして、空港に駆け付けた。落ち着いて話す間もなく父の乗る飛行機の搭乗案内が、聞こえた。

「身体に気を付けて。半年位、すぐだから」

「パパこそ、すぐ鼻をぐつぐつするんだから。おかしいと思ったらすぐお医者さんへ行くのよ。無理しないで」

搭乗口で、何だかこのまま会えなくなるような気がして、涙声になった。

「優里と握手するなんて初めてだ」

父は、大きな手を差し出した。

その温もりの残った右手を挙げながら踵を返えそうとしたその時、父の視線が、五、六メートル横に移ったのを見て、自然にその先を追った。

搭乗口の端にそのひとは立っていた。

地味な大島に臙脂色の帯を締めて、父に向って小さく頷いている。

動悸を打つ胸を抑えながらエスカレーターの前で振り返えると、小走りでゲートに滑り込む彼女の姿があった。

お粥をスプーンで掬っては母の口に入れる父。啜りながら小さいえくぼを見せて微笑む母の顔。遅く帰って来ても必ず母の寝室に入り、その額に当てていた父の手。バスの窓の外を過ぎ去るマンション群が、涙で霞む。

休日には、縁側に母の寝椅子を出し、自分が好きで手入れする庭の木や花のことを飽きもせず語っていた父。母の笑顔。さるすべりの赤。

その風景は、廊下を歩く優里の足音を忍ばせたものだった。

「うらぎり者！」

呟いた声が、秋の光に、はじけて飛んだ。

携帯いのち

あ！

叫び声も空しく手を離れた携帯電話が、満杯の水を湛えた洗濯機の中へ真っ逆さま。一瞬、身を固くした僕は、慌てた時の常で、奇声をあげながら、盛り上がった洗濯物の中へ手を突っ込み、探る、探る。

手のひらに見慣れた赤くて固いものを掴んだ時の嬉しさ。携帯君もほっとしたような風情で全身から水滴をしたたらせながら、一息ついているようだ。

蓋をあけてみる。いつも時間を正確に表示し、僕を安心させてくれる数字が見えない。

「どうしたの、大声出して！」

その時、いつも僕を「見守っているよ」と称してその実「監視しているよ」の要素見え見えの母が顔を出す。

「あらあら大変！」

僕の手からむずとひったくった携帯を傍らのタオルで拭きながら、溜息ひとつ。

「あああ、こりゃあ駄目だわ」

と言いながらも、なお、未練がましく蓋をあけたりスイッチを入れたり叩いたり。

「うん、もう、またあ、仕事がふえた」と、母は僕を睨む。

「しょうがない。お店へ行って直してもらいましょ。そうねえ、九時になったら行こう。あんたも一緒に来るのよ」

と、だめ押しの言葉を残してそそくさと台所へ。

今日は、仕事も休みだし、今から散歩に出て、一人の時間を、一人の世界を楽しもうと思っていたのに仕方がない。これこそ母がよく言う自業自得ということか。

それというのも他人との言葉によるコミュニケーションが極端に苦手な僕にとって、携帯電話ほど便利なものはないからだ。困るのは、母どころではない。僕の一番気になる夕食の献立を、仕事の休み時間や散歩中に何故か、携帯で聞くのが僕の趣味なのだ。それも、母ではなくて父親の携帯に電話して聞く。正に携帯いのちだ。

「食べ物のことはお母さんに聞け」

とその度に言われるが、もはや退職した父が、外出の多い母に代わって夕食の支度をしている今日この頃の我が家、そんなことを言われる筋合いはない。理に適っているのは僕の方なのだ。ところで、僕の携帯に入っている電話番号は、父と母と兄と義姉の四人だけ。

「何かあったら順番に電話かけるのよ」

と言う母からは、時にバスが遅れたりして帰宅時間が過ぎると、今どこにいるのかと、詰問調の電話がかかる。本当は、あの親切なおばさんや、ちょい美人のおねえさんの番号も入れときたいが…ま、

いいか。僕も、もう歳だし面倒だ。でも死ぬ時には携帯を持って天国に逝きたい。好きだった、親切だった
あの人達にサンキュウを言うために。
早く来い来い、僕のニュー携帯。

涙よ星まで

母が亡くなったのは、小夜が小学校四年生の時だった。それから間もなく、

「新しいお母さんだ。小夜の思ったこと何でも言っていいんだよ」

という父の言葉と共に見知らぬ女の人が我が家に来た。お母さんって誰のこと？　お母さんは死んだのよ。小夜は心の中で呟くと、父の顔を睨み、唇をぎゅっと閉じた。

「あの人がね、小夜ちゃんは何が好きって聞くから、八宝菜って言ってやった。わざと私が一番苦手な野菜一杯の八宝菜って」

友達が、母親のことを話し出すと、小夜はむしろ饒舌になる。そのくせ決してお母さんとは言わない。誰に話す時でも「あの人」であり、「あの人」が近くにいる時には、「この人」だけを口の中に呑み込んでから話し出す。

「そしたらね、三日に一度、夕食は八方菜なのよ。殆ど食べないでご馳走様よ」

うんと「あの人」への意地悪を言いながら小夜は、友達と笑い合った。本当は、心の中に誰にも言えない孤独と寂しさが巣くっているというのに。

「あの人」は、参観日というと必ず後ろに立っていた。その時だけは、分かっていることでも手を上げず、小夜は、出来の悪い子振りを通した。

「いい日和だ。一度二人で野原にでも出掛けたら。花がきれいだろう」

二人の仲を心配したのだろうか。或る春の日、父が言った。気持ちが弾まないまま、小夜は「あの人」に付いて歩いた。会話のない気詰まりから川べりへ来ると小夜は走り出し、靴を放り投げると水に飛び込んだ。スカートの裾を持って歩くつもりが石につまずき、思ってもいなかった水の速さに体ごと流された。

小夜が目を覚ましたのは、病院のベッドの上だった。意識が次第にはっきりしてくると、思い出した。「あの人」は？傍に座っていた父が、

「あのあと、お母さんは、胸が痛くなって、別の病院に入院しているんだよ」

と言う。その口元には、小夜が今まで見たこともない濃い悲しみが漂っていた。

小夜が、退院しても「あの人」は帰ってこなかった。小夜は、この時とばかり父親の世話をやいた。

伯母から、「あの人」が小夜を助けようと川に入り、小夜を岸にあげた途端　脚を掬われ「あの人」が流され命を絶ったと聞いたのは、小夜が退院し、暫く経って葬儀も終わってからだった。小夜が

ショックを受けることを心配して、病気で入院ということにしていたということだ。父から渡された「あの人」の日記を読んだ。ページの殆どが、小夜の事で埋め尽くされている。

「今日は、テレビを見て笑っている小夜ちゃんを見た。私と向かい合って笑う小夜ちゃんを早く見たい。参観日、元気そうだった。心配いりません。と先生。安心」

小夜の顔に一筋の涙。「お母さん」小さい声で初めて呟いた。途端に涙が迸る。

「お母さん！お母さん！」あたり構わず小夜は泣きながら叫んでいた。

「晴れた夜は、空の星に向かって『お母さん』って今でも大声で叫んでいます」

と言う小夜は、今、二十五歳、或る老人ホームで看護師として働いている。

この世は天国

「ほら、おばあちゃんが天国へ帰ってしまうよ」

僕が、ちょっと人道に外れたことをするとすかさず父は言う。僕の右の肩に、祖母の魂が乗っていていつも僕のことを見守っているというのが、父の持論だ。

二十二年前に九十歳で死んだ祖母は、小さい頃の僕をあちこちどこへでも連れて行ってくれ、美味しいものを一杯食べさせてくれ、僕を甘えさせてくれたものだった。そんな祖母とは、五十四歳になった現在の僕は、今だに毎夜のように夢の中で会っている。

それを知らない父は、おばあちゃんがいつも僕の右肩にいて見守っているなどとかっこよく僕を言いくるめようとするが、実は、おばあちゃんをダシにして僕の行為を正道に戻したい為の脅しの言葉だとは気付いていないから厄介だ。

人道とか、正道とか、僕にはよく分からない言葉が父の口から出るのは、きっと父が、子供の頃から、その言葉の持つ意味が、とても良いことだと教わって大人になったからに違いない。

父は、今、八十五歳。その子供時代はずっと日本が戦争をしていたという。中国やアメリカが相手とは驚きだ。僕が、部屋の壁に張っている世界地図で見る限り、どちらも恐ろしいほど、どでかい国ではないか。中国との戦争には勝ったというが、ひょっとしたら、今頃、今度こそは、などと思っている人が中国にはいるかも知れない。日本では、アメリカが原爆で戦争を終結したのを恨む人の意見が出てきている。などと、父が言っているのを聞いたりすると、またまた、人道とか正道の意味が、分からなくなる。

その点、おばあちゃんは、もっと自由だった。

明治三十八年生まれの祖母は、生きていると、百二十歳になるらしいが、神戸の女学校を出ていて、青春時代は、袴に靴を履き、テニスをしたり、新開地に出来た映画館で、無声映画の女優クララ・ボーやメアリーピックフォードの映画を観たりして大正デモクラシーを謳歌していたらしい。

それが一転。戦争の為に焼け野原になった街の中を必死に生きて、今度は、戦争は絶対しない、みんなが安心して暮らせる日本の国に仕上げてきたのだ。そのことこそ本当の、人道、正道ではないだろうか。言葉は同じでもその時代によって意味が変わるとでもいうのだろうか。

最近、父は言っていた。

「戦争だけは駄目だ。勝っても負けても悲劇だ。人間としてはどちらも負け人間だ」と。

おばあちゃんのいる天国に戦争はないのだろうか。

そうだ、それを言うために、おばあちゃんは、いつも僕の肩にいておばあちゃんが幸せだった大正デモクラシーの時代や、戦後の苦しい中を皆で乗り越えて得てきた、自由で平和な今の日本の世の大切さを僕に教えようとしているのかも知れない。

これからは、僕も、おばあちゃんと一緒にこの世の天国を守る為に、しっかり生きていこう。

三婆天国

「は、は、あんたのようにはいかんわね。もしも相手がお嫁さんだったら」

「そうそう、言えてる、言えてる」

京子と愛子が、少々の羨望を交えて、軽く手を叩きながら松子をはやす。

近くに美味しいイタリアンレストランが出来たとの京子の情報で、長年の付き合いで遠慮のない三人の老女がスパゲティーとサラダを前に気焔をあげているのだ。

「三人娘が、かわるがわるやってきて、『お母さんにはもう、カードや余分なお金、持たされんわ。私たちで管理するから』とか何んとか言ってカードも貯金通帳も、みいんな持って行ってしまったんよ」

「は、は、お嬢さん達、正解、正解」

「身ぐるみ剥がれていい気味」　またもや二人が手を叩く。

毎日のように出かけたい松子。その度に八十歳に手が届くというのにフリフリのフレヤースカートやブラウス、ブランドもののコートを買ってくる。

「何、何、一週間ごとに壱萬円を持って来るんだって」

「そうよ、それで一週間食べていけってことなのよ」

「一日、千四百円ってこと？　上等、上等。それに来る度に冷蔵庫だけは一杯にしてくれるんでしょ」

と、京子。

「うちなんか、息子のお嫁さんでしょ、向こうも遠慮してそこまでしないでしょうし」

「ほんと、ほんと、そんなことになったらこっちだって黙ってないわ」

息子しか持たない京子と愛子が頷き合う。

去年の秋に夫を亡くして一人暮らしの松子は、近くに住む娘三人に、

「お母さん、この頃、すこうし、ぼけてきたね」

と言われ、甘えるつもりで、

「そうかも……」

と調子を合わせたのが運の尽き。これまで、五人もいる孫に、散々入れ上げてきたというのにこの有様。

「でもそうはさせない。私も定期預金の通帳一つは、しっかり隠して持ってるよ」

「わ！さすが松子」

「昨夜、死んだ主人が久しぶりに夢に現れて、『こちらは天国だよ。はよおいで』って手招きするのよ。『せっかくだけど、まだまだこちらも天国よ』って追い返してやった」

「そうでしょう、そうでしょう。それはそうと、あの初恋の人とはその後どう？」

「そうね、三日に一度位電話で話すの。彼の方も楽しみに待ってるみたい」

「いいな、いいな、思い切って逢ってみたら」二人が囃す。

「それがね、彼、痛風で歩けないんだって。私だって腰が痛いしさ。当分は遠距離恋愛で我慢我慢」

レストランの窓のカーテンが秋の風に揺れている。

男の人生

僕は、中学三年生。来年は高校受験だ。

「今日は、塾でしょ。しっかりがんばるのよ。夕御飯、あなたの好きなオムライス」

にっこり笑って僕の肩を叩き、近くのスーパーでパートの仕事をしている母は先に家を出て行った。

周囲の大人達は、何となく僕に気を遣いながら何となく威圧的なのだ。父は、夕食時、

「おお、やっとるか、今が頑張りどころだ」

と、ビールの泡一杯の口を拭いながら、烏賊の塩辛をつまんだお箸を僕の方に向け、誰の為でもないお前自身の人生だからなどと、いつもの決まり文句を並べると、はや、その目はテレビの画面に移っている。

そんな日々が終わる夜、

「分かった。その前にちょっとお爺ちゃんの様子見てくるよ」

と言って僕は、生垣一つ隔てた隣の小さな平屋に一人住まいの父方の祖父の家のドアを開ける。

炬燵の前でお茶を呑んでいた祖父は、

「ああ、来たか。待ってたぞ」

と、満面笑みの顔で僕を見上げる。少し皺が増えたようだ。毎日見ているのに、電気の光の加減か

もしれない。

「どうだった、お前の方は」

「うん、まあ」

「駄目だなあ。声位かけろよ」

そんな問答だけでも僕の瞼には、校庭を走る鉢巻姿のめぐみの姿が浮かんでくるのだ。

毎週、火曜と木曜と金曜日。二時間目と三時間目と五時間目。彼女のクラスは体育だ。その時間、三回とも僕の授業は数学。方程式も面積もない。僕の目は窓に集中。

めぐみは、隣のクラスの才媛だ。その姿を見る事が、近頃の学校へ行く僕の主目的。

「そういうお爺ちゃんの方は、どうなんだよ」

「ううん、聞いてくれるな。不甲斐ない」

お爺ちゃんは七十五歳。部屋の仏壇には、五年前に亡くなったお婆ちゃんの写真を飾り朝夕上げるお線香の匂いとチーンの音で一日が始まるという日常。

そんな時。勧められて入った老人クラブ。バス旅行の時、たまたま隣席になった、たか子さんにぞっこん。その時は、にこやかに、旅行先の湖北地方や、琵琶湖の歴史などの話題で盛り上がったというのに、今や、たか子さんの前に出ると、胸はどきどき、声は擦れるという体たらく。そんな僕と祖父の間に存在している父。

「お前自身の人生」、その言葉、そのまま父に返したい。

再びの青春

人、人、人で溢れる、ここは都心のターミナル。前にも後ろにもスーツ姿の若い男女が、忙しく行き交うウイークデーの午前八時半。

志保は、まるで十代の少女のように胸を弾ませながらハンドバッグを肩に、テキストやノートの入ったカバンを持って広い階段を駆け上がる。とはいかなくて、広い階段の端に付けられた手すりを頼りにゆっくり一段、一段確かめながら足を運ぶ。

その志保の横を先の長い大きな靴や、ハイヒールの長い脚が、右と思えば、又左。五条の橋の牛若丸のように、斜めに跳び撥ねて過ぎる。

その間をすり抜けてようやくプラットフォームへ。

いるかな、今日はどうかな。あ！　見えた。乗車口に並ぶ人々の向こうに長身の彼の銀髪が。志保の胸は、高鳴り、息が弾む。

「グッドモーニング、ハワユー」

「ファイン、サンキュウ。エンドユー」

「有難う。今日も頑張りましょう」

彼の順調な日本語が、もう少し英語で頑張りたいのにと言いたい気持ちの志保を一息つかせる。そうなんだ。ニューヨークの日本語学校で勉強してきた彼。それを役立たせようと来日したのに、下手な英語を聞かされてさぞかし迷惑だろうと志保は、笑顔を向ける。

「持ってましょうか」

と私の手から荷物を取ろうとする。

「そんな時は、『お持ちしましょうか』って言うのよ」

やっぱりここは、訂正してあげるのが気持ちの正解だろう。

志保と、彼リチャードは共に高齢者大学校の講師だ。リチャードは、もちろん英会話。

志保は、エッセーを書くクラスを担当している。

右は、車の行き交う幹線道路。左手には、小さな飲食店や洋品店が並ぶ、そのなだらかな坂を、鞄を託してリラックスした志保は、背伸びをし、顔を上げても、届かないリチャードの肩を見ながら小走りに歩く。

「僕、ちょっと買い物です」

途中のコンビニの前で一言。リチャードの姿はドアのなかへ。

「じゃあ、お先に」

とその背中に声を掛けて、三々五々大学に向かう受講生達の間をすり抜ける。

「あ！鞄」

何より大事な受講生達の宿題。赤ペンで、添削や、感想を入れた文章達。

大丈夫、リチャードが持って来てくれる。志保は、丘の上に立つビルの大学の入り口で首を伸ばす。

「ハーイ、これ、ユアーズ」

必死で鞄を掲げながら駆け上ってくるリチャードの姿。志保の胸は、青春一杯。

悪(わる)になり損ねた男

目には、サングラス、小脇に抱えた大きなライオンの縫いぐるみの顔を正面に向け、今日も俺は歩いて行く。ジイーンズに太いベルトを締め、その両脇の腰には、ピストルが。勿論偽物の玩具なのだが。この格好で俺は毎日、住宅街を歩く。これと言った目的も用事もない。すれ違うおっさんやおばさんが素早く脇の下のライオンとピストルに目をやるとそのまま、今度は何か悪いものでも見たようにその目を俺の顔に移し、慌てて下を向いて通り過ぎていく。

「何、この人！」

一様にそんな事を言いたそうな顔付だ。無理もないのか、やっぱり。

鏡で改めて自分の顔を見る。つるりと禿げ上がった頭に続く白い眉。目尻に、頬に、皺の波。今年八十五歳を向かえる爺さんの顔そのものがそこにある。

にっと笑うと、昔読んだ、絵本に出て来る花咲か爺さんそっくりだ。何とお目出度い顔。嫌だ嫌だ。何とかならないか、大学を出てから真面目に銀行員としての仕事を五十年勤め上げ、三人の曾孫までいるというのに、この心中のもやもや感。

俺は、一体何の為に、この世に生まれてきたのか。定められたとうり、学校へ行き、周囲の人達の思いのままに尻を叩かれ、励ましの言葉を浴びせられながら卒業。一流と言われる銀行で近代社会の象徴のような札束と、日夜向き合ってきたというのに。

ある日、俺は過去をさらりと捨て、あとの人生をまるで違った生き方をしてみようと思い付いた。幸い、健康だけはキープ出来ている。いつもの恰好で、自由に出来る貯金通帳だけをポケットに、ふらりと家を出る。ああ、やっぱり金には未練があるようだ。

そのまま新幹線と電車を乗り継いでこの地方都市に流れ付いた。

知人はいない。さっそく購入した縫いぐるみやピストルを持って今日も街に出る。

中学生らしい男女の子供が四、五人、俺の顔を見るなり賑やかな話声を急に止めて、何となく目で合図しながら顔を見合わせる。俺はすかさず腰のピストルを抜いて、彼等を狙い撃つ。わあ！一斉に歓声を挙げて散らばっていく。次は、幼稚園帰りの男の子、じっと俺の顔を見上げるとにこっと笑う。思わず手を差し伸べ抱き上げて頬擦りをする。少々伸びている髭を引っ張られると、痛くて何だか嬉しい。このままこの子と共に遁走すれば間違いなく悪（わる）になれる。ああ、それなのにそれなのに、四、五メートル歩いて、男の子をそっと下ろす。畜生！そんな俺のあとを必ず付けて来る男がいる。

少々腹が空いてきた。俺の住処「田中病院併設ケアーハウス」の大きな文字が目に入る。

何時か、この建物をぶっ壊すのが、俺の夢なのだ。

コロさんとロナさん

「私、こんなに嫌われたの初めてよ」

「何言ってんだ、『今度はあの、ほら、青く光るあの星がいいわ』なんて俺をそそのかしたのは、お前さんじゃないかよ」

「そうだったっけ。だってさあ、あの時は、まさかこんな騒ぎになるなんて思ってもみなかったもの」

そういって口をとがらせるロナさんの頭には、昔、母に読んでもらった絵本の物語が蘇る。

「ほら、宇宙には、私達の知らない星がいっぱいあって、そこには、大きな動物が住んでいる星もあるの。その一つ、地球という星には、人間という賢しげな動物がいてね、自分よりも大きくて力もある動物を、やたら殺して食べたりするのよ」

「嘘！　信じられない」

「それを又、一方では檻の中に入れて、お金を取って見せたりしているのよ」

と、その時母は言っていた。

「そんな無情な生き物のいる星へ行こうと言ったのは、お前さんじゃないか」

「いいじゃない、幸い人間には、私たちの姿は、見えないらしいのよ。レッツゴー」

「あ！　あれだ、あの星だ」

「おっとその前に、みんなを呼び寄せよう」

二人が大勢の仲間と共に、大きな森や、たくさんのビルの間を抜けながら、そこここに群がる人間とやらの間を通り抜けてやって来たのは、ひときわ大きな大陸。

「しばらく一休み」

「何だか見た事のない高い塔や、建物の間を、あれが人間っていうのかな、たくさん蠢いている」

「お前さん達は。あっちの方へ降りろ」

とコロさんが指示するや否や後ろに従っていた仲間たちは、方々へ散っていく。

その時、コロさんの手をしっかり握っていたロナさんが、

「ほら見て！　あそこ、なんてきれいなピンク色なんでしょう。小さいけれど、南北に長細い所、日本っていう所よ、きっと。大勢の人間が蠢いている」

「ようし！　今度はあそこだ！」

コロさんとロナさんは、手に手を取ってひとっ飛び。春爛漫の日本へやってきた。

「わ！　凄い！　人間ばっかり。こんな狭い所にひしめいている」

二人は手に手を取って珍し気にその間を飛び交いながら仲間に言う。

「おーい、お前たちもよく見ろよ。今から自由時間だ。好きな所へ飛んで行け！」

それから六箇月、あんなに元気だった人間達が、みんないなくなった。

静かに青く光る地球をあとにコロさんとロナさんは、次の目的に向かって飛び続ける。

初出一覧

Ⅰ　もぐらの目

枚方市民発、福祉・教育・文化・環境・ボランティアなどの情報を掲載する地域密着型情報紙「ＬＩＰ」（Local Information Paper）に、二〇一一年九月号～二〇二〇年五月号まで、連載。

Ⅱ　掌編小説

ＮＰＯ法人りりあん～語り　遊び　であいの場～機関紙に連載。

■著　者　鶴島　緋沙子（つるしま　ひさこ）
1934年生まれ
1971年、大阪文学学校
1985年～1991年、瀬戸内寂聴嵯峨野塾
1992年～1996年、同人誌「かるら」主宰
2001年～現在、「寂聴を読む会」主宰、大阪府高齢者大学校（文芸を楽しく学ぶ科ほか3クラス）講師

■著　書
『トミーの夕陽』『私の中の瀬戸内寂聴』『もぐらの目』（柘植書房新社）
『Tommy's Sunset』（LEXINGTON BOOKs）

「トミーの夕陽」がまた昇る
2021年1月15日第１刷発行　定価1800円＋税

著　者　鶴島緋沙子
装　幀
発　行　柘植（つげ）書房新社
〒113-0001　東京都文京区白山1-2-10-102
TEL03（3818）9270　FAX03（3818）9274
http://www.tsugeshobo.com　郵便振替00160-4-113372
印刷・製本　創栄図書印刷株式会社
乱丁・落丁はお取り替えいたします。　ISBN978-4-8068-0746-9　C0093

JPCA
日本出版著作権協会
http://www.jpca.jp.net/
本書は日本出版著作権協会（JPCA）が委託管理する著作物です。複写（コピー）・複製、その他著作物の利用については、事前に日本出版著作権協会（電話03-3812-9424，　info@jpca.jp.net　）の許諾を得てください。

鶴島緋沙子著／四六判上製／
定価一七〇〇円＋税

トミーの夕陽

読者に限りない癒しを与えてくれる。何の悲しみも不幸にも無縁で生きている人は、今の世にはいない筈だ。その人たちが傷ついた心を癒されることを想像するとき、思わず私の瞼は熱くなってくる。（瀬戸内寂聴）
「学校Ⅲ」（山田洋次監督）原作。
ISBN4-8068-0397-9

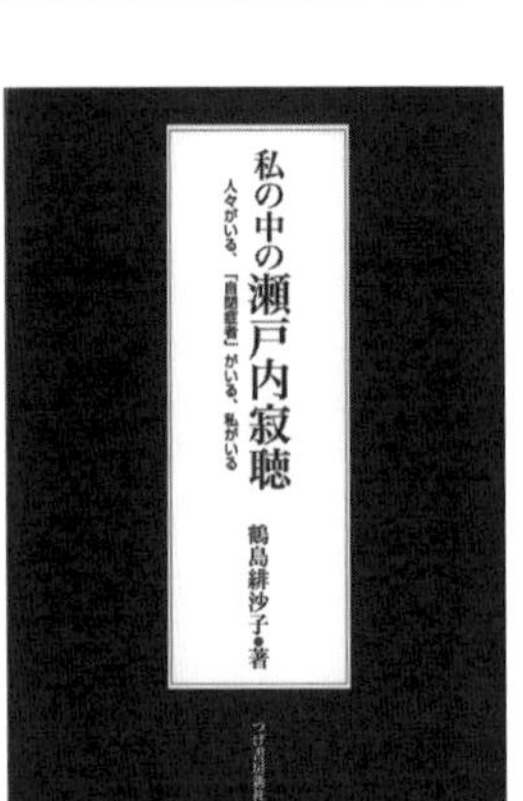

鶴島緋沙子著／四六判上製
定価一七〇〇円＋税

私の中の瀬戸内寂聴

私は、毎朝、「瀬戸内寂聴日めくり暦」に書かれている「日々の言葉」を息子と二人で声を出して読んでいる。流されていく日常に、ふと立ち止まらせてくれる手近で貴重な言葉だ。（まえがきより）ISBN4-8068-0519-X

鶴島緋沙子著／四六判上製
定価一五〇〇円＋税

もぐらの目

山田洋次監督の名作、学校シリーズに描かれた小説『トミーの夕陽』を、更に深めたいい作品が生まれた。弱者に寄り添う視線こそがつる島久子サンの輝くバックボーンである（瀬戸内寂聴）ISBN978-4-8068-0616-5-